SÉRIE
PENSE! RÁPIDO
LIVRO 2

SÓ SE VIVE UMA VEZ

Bridie Clark
SÓ SE VIVE UMA VEZ
toda decisão tem consequências

SÉRIE PENSE! RÁPIDO LIVRO 2

Tradução
Silvia M. C. Rezende

1ª edição

Rio de Janeiro-RJ / Campinas-SP, 2017

VERUS EDITORA

Editora
Raïssa Castro

Coordenadora editorial
Ana Paula Gomes

Copidesque
Maria Lúcia A. Maier

Revisão
Raquel de Sena Rodrigues Tersi

Capa
Adaptação da original
(Andrew Arnold)

Projeto gráfico e diagramação
André S. Tavares da Silva

Título original
You Only Live Once
Snap Decision, book 2

ISBN: 978-85-7686-366-3

Copyright © Bridie Clark, 2014
Todos os direitos reservados.

Tradução © Verus Editora, 2017
Direitos reservados em língua portuguesa, no Brasil, por Verus Editora. Nenhuma parte desta obra pode ser reproduzida ou transmitida por qualquer forma e/ou quaisquer meios (eletrônico ou mecânico, incluindo fotocópia e gravação) ou arquivada em qualquer sistema ou banco de dados sem permissão escrita da editora.

Verus Editora Ltda.
Rua Benedicto Aristides Ribeiro, 41, Jd. Santa Genebra II, Campinas/SP, 13084-753
Fone/Fax: (19) 3249-0001 | www.veruseditora.com.br

CIP-BRASIL. CATALOGAÇÃO NA FONTE
SINDICATO NACIONAL DOS EDITORES DE LIVROS, RJ

C543s

Clark, Bridie, 1977-
 Só se vive uma vez : toda decisão tem consequências / Bridie Clark ; tradução Silvia M. C. Rezende. - 1. ed. - Campinas, SP : Verus, 2017.
 21 cm.   (Pense Rápido ; 2)

 Tradução de: You Only Live Once - Snap Decision, book 2
 Sequência de: Que tal esta noite?
 ISBN 978-85-7686-366-3

 1. Ficção infantojuvenil americana. I. Rezende, Silvia M. C. II. Título. III. Série.

17-41931
CDD: 028.5
CDU: 087.5

Revisado conforme o novo acordo ortográfico

Para Jane, George e Nina

Ipsa scientia potestas est.
Conhecimento é poder.

PRÓLOGO!

Bem-vinda! Este é o seu segundo ano na Academia Kings, a escola de ensino médio megaelitizada localizada nas bucólicas colinas de New Hampshire. Sob toda aquela belíssima camada de hera murmura uma constante corrente de poder, prestígio e... pressão. Seus colegas de classe pertencem às mais ilustres famílias do mundo. Eles são brilhantes, lindos e estão prontos para irromper pelos portões de ferro da Kings como os líderes do futuro.

Esta não é uma escola de ensino médio qualquer. E, mesmo assim, você deu um jeito de entrar nela. Uma bolsista que vem de uma cidade que tem apenas dois semáforos, você se encontra na pontinha do trampolim, pronta para mergulhar de cabeça em um mundo de oportunidades incríveis... ou dar uma tremenda barrigada.

Fato: As pressões acadêmicas aumentam no segundo ano. O primeiro ano foi duro, mas o segundo é simplesmente esmagador, com pilhas de tarefas de casa de todas as matérias à sua espera todas as noites. Neste ano o trigo é separado do joio, os homens dos meninos, os revolucionários dos acomodados. Você está preparada?

Fato: Neste ano há gatos de montão. Estamos falando de M-O-N-T-Ã-O. É impossível dobrar um corredor sem topar com um carinha incrível. Você adoraria encontrar o namorado dos seus sonhos este ano, mas será que vai escolher o cara certo? (Spoiler: Pode não ser tão fácil quanto parece.)

Fato: A galera só fala das festas de dezesseis anos. São festas enormes — se comparam ao casório de Kate e Will — e acontecem nos lugares mais badalados do mundo. Aspen, Palm Beach, Manhattan... parecem incríveis, mas estão totalmente fora do seu orçamento. Será que você vai conseguir dar um jeito de entrar para esse mundinho jet set, ou será que vai ser a única da turma que vai ficar presa em terra firme?

Você acha que já sabe a resposta? Melhor pensar um pouquinho mais. Afinal, as escolhas que você vai fazer ao longo deste ano podem mudar o rumo das suas amizades, da sua vida amorosa e do seu futuro.

Os riscos aumentaram ainda mais.

Será que você vai aceitar o convite e viver feliz para sempre, ou será que vai se arrepender?

Fato: Isso, minha querida veterana, só depende de você.

SNAPSHOT! #1

Quarta-feira, 5 de setembro, 19h25
Casa Moynihan

— O segundo ano é um saco — declara Annabel, puxando seu rabo de cavalo preto-azulado como sempre faz quando está irritada. Ela está sentada à escrivaninha dela, que fica à direita da sua, com os ombros caídos e as longas pernas dobradas contra o peito; a típica posição defensiva de um animal encurralado.

— Ainda não é muito cedo para dizer isso? — você pergunta, tentando se manter otimista. É o primeiro dia de aula, mas você sabe como ela está se sentindo. Os professores não perderam tempo e despejaram um montão de lição de casa. Você olha para o livro de física novinho em folha que acabou de abrir. Parece escrito em hieróglifos.

Dois dias atrás, você estava deitada na rede dos seus pais em Hope Falls, lendo romances. Ontem, mamãe e papai ajudaram você com a mudança para o seu novo dormitório, que você divide com Annabel. Quando você chegou, ela já tinha transformado o quarto branco do tamanho de uma caixa de fósforo em um miniapartamento chique e eclético, digno de capa de revista. Ela garimpou no sótão dos pais peças antigas e modernas e misturou tudo de um jeito que ficou bonito e sofisticado ao mesmo tempo.

A cara da sua melhor amiga.

Annabel Lake é lindíssima — pele de porcelana, fartas madeixas negras e olhos de um azul transparente. Não é por menos que Henry Dearborn ficou caidinho por ela no ano passado, mas agora ela está de namorado novo, Brooks Cavanaugh. Annabel pode vestir *qualquer coisa* que fica maravilhosa. Ela é inteligente, gentil, generosa. E no ano passado se autoproclamou a sua personal stylist, mergulhando no guarda-roupa dela em busca das peças certas para você. Ela a transformou de garota do interior escondida em calça jeans e suéter folgado em uma fashionista da Kings, de skinny e sapatilhas de grife. Sem sombra de dúvida, o toque pessoal da Annabel fez você parecer parte da Kings, e você adorou cada troca de roupa. Quem não teria amado ter uma fada madrinha como colega de quarto?

Mas às vezes você se pergunta se ela não fez um trabalho bom até demais. Seus amigos e colegas de classe parecem pensar que você é alguém que não é, e em algumas ocasiões você gostaria de ter coragem de contar tudo sobre sua origem humilde. Você sabe que não tem do que se envergonhar. Mas, mesmo assim, neste verão, quando sua amiga Spider perguntou se você estava planejando dar uma festa para comemorar seus dezesseis anos, você tratou de mudar de assunto em vez de dizer logo a verdade: era melhor morrer a convidar todos os seus amigos da Kings para irem à sua casa em Hope Falls.

Pelo jeito, você é a única que não quer comemorar seu aniversário com uma festa. Sua gaveta já está lotada de convites. O da Libby Morgan — Palm Beach, em dezembro — foi escrito à mão em um papel-cartão tão grosso que daria para cortar manteiga com ele. Morgan LePage, a aluna nova cuja fama de encrenqueira a acompanhou de Manhattan, vai fazer a dela em Aspen, em novembro. Você ainda nem a conheceu, e ela já convidou a classe toda. Aspen, Palm Beach... logo vai ficar óbvio que você não tem condições de levar o mesmo estilo de vida dos seus amigos ricaços.

Seus pensamentos são interrompidos por uma batida forte na porta.

— Ei, abram essa porta! Sabemos que vocês estão aí! — grita Spider do corredor.

Sorrindo, você e Annabel correm para a porta.

— Spider! — você grita antes de ser envolvida em um abraço apertado. É a primeira vez que vocês se encontram desde o início das aulas. Por um instante, você fica sufocada em meio à juba de cachos, mas então ela a solta, vai em direção a Annabel, e você finalmente consegue respirar de novo.

— Você ficou mais forte no verão — Annabel brinca esbaforida, presa no abraço de Spider.

Spider puxa a manga da camiseta e flexiona o bíceps branquinho. Seu bronzeado termina onde começa a manga do uniforme de futebol.

— Fiquei mesmo! Ei, eu já contei pra vocês que a Mia Hamm...

— Elogiou o pênalti que você bateu? — completa Annabel. Spider passou o verão em um acampamento de futebol na Califórnia, treinando entre as melhores. Seu encontro com Mia Hamm a deixou compreensivelmente surtada, e ela compartilhou com vocês simultaneamente todos os acontecimentos do verão.

— Recebemos seu e-mail — você diz, rindo.

— E seu cartão-postal — adiciona Annabel.

— O telegrama que você mandou realmente chamou nossa atenção.

— Ah, dá um tempo. — Spider te dá um soquinho no braço.

Você e Annabel pegam os casacos.

— Só estamos te provocando — você diz enquanto todas saem para ir ao refeitório Hamilton. — Spider, isso tudo é incrível. Estamos muito orgulhosas de você.

É um agradável fim de tarde de início de outono — perfeito para uma corrida ao longo do rio ou para tremer de frio sob uma manta, no pátio central. Não que você vá fazer qualquer uma das duas coisas, por conta da quantidade de lição de casa que a espera. Você corre para conseguir acompanhar o passo de modelo de passarela da Annabel e o ritmo atlético da Spider. Momentos depois, você abre a porta-balcão do refeitório e sente o coração disparar quando um número incontável de olhos se volta na direção de vocês três. O refeitório Hamilton é o ponto de encontro da moçada, especialmente nesta noite quando todos acabaram de voltar para o campus. É difícil não se sentir observada enquanto se caminha pelo enorme salão. Ainda bem que você está se achando com o seu jeans de grife preferido (que ganhou de presente da Annabel no ano passado) e um suéter preto da H&M.

Libby Morgan, outra companheira de quarto do ano anterior, vê você e Annabel e vem apressada ao encontro de vocês, balançando os cabelos loiros enquanto caminha.

— *Bonjour, mes chères* — diz ela, cumprimentando-as com dois beijinhos. Um verão em Paris deu uma guinada no estilo da Libby, e ela está perfeita em uma calça skinny de sarja bege, um top estilo marinheiro listrado e sapatilhas Chanel douradas. Logo em seguida, a Tommy (diminutivo de Thomasina) e a Lila surgem ao lado da Libby. As duas garotas do sul passaram tanto tempo no quarto de vocês no ano passado que foram nomeadas colegas de quarto honorárias.

— Temos tanta conversa pra colocar em dia, meninas! — diz Lila, animadíssima. — Estou me sentindo tão OUT!

— Por fora — explica Tommy, acostumada a traduzir tudo que a amiga diz. — Já pegamos uma mesa, sentem com a gente. Com vista privilegiada.

Quando dá uma olhada na direção do bufê, você faz o possível para disfarçar a empolgação. A comida do Hamilton é deliciosa — está muito acima dos padrões de um refeitório comum. Em vez de sanduíche de carne moída e sabe-se lá mais o quê, o refeitório estudantil da Kings oferece filé Wellington e sushi.

— Acho que vou precisar de duas bandejas — você brinca com Annabel, indo em direção ao bufê de saladas.

— Que hilário — comenta Libby, se metendo na conversa. Você tinha esquecido a mania que ela tem de dizer que tudo é "hilário" sem parecer ter achado um pingo de graça.

— Me conta como foi o seu verão! — diz Lila, apertando seu braço enquanto você senta entre ela e Annabel. — Desculpa não ter dado pra falar direito, mas o sinal do celular no barco era péssimo. — O barco era o iate de cento e vinte pés da família dela, o *Good Times*, que eles usaram para navegar pelas ilhas gregas durante o verão.

— Hum, foi relaxante. Mas extremamente frio. — Não tem como fazer com que o seu verão soe glamoroso, uma vez que você passou a maior parte do tempo estirada em uma rede lendo (isso quando você não estava correndo atrás de criancinhas no acampamento local. Garotos? Só se sonho contar. Viagem? Você passou uma semana com seus avós em Idaho e nem se deu ao trabalho de enviar cartões-postais).

Enquanto isso, Libby fez um "miniestágio" na *Vogue* de Paris, que uma amiga da família deu um jeito de arrumar, e ficou hospedada no Ritz. Annabel participou de regatas em Maine e se curou da dor de cotovelo deixada por Henry Dearborn nos braços de um primo do Bush chamado Brooks Cavanaugh. (O Brooks está no último ano da Exeter e é simplesmente lindo. A Annabel, que não é de se exibir, deixou escapar que ele se parece "um pouco com o Super-Homem", o que você confirmou no Facebook.

Para dizer a verdade acho que o Super-Homem gostaria de parecer um pouco mais com o Brooks.) Pelas duas dúzias de rosas que ele mandou para Annabel nesta manhã e pelas duas dúzias de vezes que telefonou para ela, Brooks está apaixonado. Quem não estaria?

— É verdade que o Walter Mathieson vai passar o semestre em Londres? — pergunta Spider, enfiando uma batata-doce frita na boca.

Você concorda com um aceno de cabeça, sentindo orgulho pela conquista do seu amigo. Walter, seu melhor amigo, passou o verão fazendo uma pesquisa independente em Oxford. Como se isso já não fosse impressionante o bastante, o trabalho dele chamou a atenção de um professor de humanas, que pediu para a Academia Kings o liberar no próximo semestre. Ele só vai voltar em janeiro. Você está feliz por ele, mas vai ser chato não ter seu amigo por perto. A escola não é a mesma sem ele.

— Ainda acho que vocês formam um casal muito fofo — diz Libby. Ela tinha mania de chamar o Walter de nerd, mas deu uma virada de cento e oitenta graus quando descobriu que ele era primo da estrela de cinema Hunter Mathieson. Felizmente, o Walter, o cara pés no chão, com quem você sempre gostou de ficar junto, não mudou nada depois de ter sido promovido para o grupinho dos populares.

— O Walter é o cara, mas somos apenas amigos. Sem dizer que estamos separados por uma significante quantidade de água conhecida como oceano Atlântico. — Talvez seus sentimentos fiquem mais claros em janeiro. No ano passado, deu para perceber que o Walter era caidinho por você. Você gostou disso, e até sentiu alguma coisinha por ele, mas não rolou mais nada. Será que este ano vai rolar? Definitivamente vocês dois estão a um passo de uma amizade colorida.

— Vocês também já têm um monte de lição de casa pra fazer? — pergunta Spider, mudando de assunto. — Vou passar a noite toda...

Libby a interrompe com um grunhido.

— Ah, não vamos falar de escola! Acho que todas concordam que existem assuntos mais importantes e interessantes pra falar!

— Sobre onde o gato do Benjamin McGovern passou o verão, por exemplo? — Tommy balança a cabeça quando um garoto de cabelo escorrido, do último ano, passa pela mesa de vocês, e Lila solta uma risadinha. Além dos longos cabelos encaracolados em comum, pelo jeito a dupla não pensa em outra coisa senão em meninos. Elas estão cada vez mais parecidas. As duas estão de camiseta polo de cor forte, calça skinny branca e pulseira de ouro rosé da Cartier.

Libby limpa a garganta e vai direto ao ponto.

— Ou sobre quem vai na minha festa em Palm Beach? Todas receberam o convite, né?

— Sim! Pode contar comigo, querida — diz Tommy, na hora.

— Pode contar *com a gente* — acrescenta Lila em seguida.

— Acho que eu também vou! Preciso dar uma olhada no meu calendário de jogos — responde Spider.

Libby meneia a cabeça, mas está na cara que o alvo principal é o seu ídolo, Annabel.

— Annie? Quinze de dezembro? Estou contando com você, hein?

Annabel franze o cenho.

— Sinto muito, Lib. Mas minha mãe já convidou o Brooks para passar o fim de semana com a gente em Roma. Minha tia-avó está fazendo oitenta e cinco anos e não tem andado muito bem de saúde. Vai ter um jantar em família em homenagem a ela. Eu preferia tanto estar com você, mas...

Libby bufa.

— Você está brincando, né? Eu gostaria de poder mudar a data, mas já está tudo planejado. — Ela parece arrasada, mas então uma ideia animadora passa pela sua cabeça. — Quem sabe a sua tia não bate as botas antes de dezembro e daí dá pra você ir, né?

— É, pode ser. — Você e Annabel trocam olhares. A Libby pode ter aprimorado o estilo durante o verão, mas definitivamente não houve nenhuma evolução no quesito sensibilidade.

— Quem é aquela ali? — pergunta Tommy, encarando uma loira monumental que acaba de entrar pela porta da frente. Você tem certeza de que nunca viu a garota antes, pois certamente iria se lembrar. Annabel é bonita, Libby, estilosa, mas a garota tem tudo isso e algo mais. Ela tem um quê. E, pelo murmurinho que se ergueu no refeitório, você não foi a única a notar isso.

— É a Morgan LePage — Libby informa ao grupo. — Ela foi transferida da Spence. Os pais a mandaram para cá depois que descobriram que ela estava dormindo com o DG da Goldman.

— O que é DG? Um tipo de médico?

Libby olha com pena para você.

— É o diretor-geral — ela explica. — Eu conheço a Morgan faz um tempão. A mãe dela é uma caça-dotes descarada, mas a Morgan costuma dar festas de arrasar. — Ela acena para Morgan, chamando sua atenção. — Oi, querida, aqui!

Morgan vem na direção da mesa. Você percebe que o sorriso que ela lança para Libby não reflete em seus olhos. Após uma rápida rodada de apresentações, a conversa gira em torno da festa de dezesseis anos de arrasar da querida Morgan, em Aspen.

— Espero que vocês possam ir — ela fala para todas nós. — Quanto mais gente, mais divertido. Convidem seus amigos. Não vai ser uma festa, a menos que a gente detone o chalé que a minha mãe acabou de decorar, certo? — E com isso sai para se servir.

Você sente uma onda de ansiedade. Essas festas pelo jeito vão ser incríveis, mas como você vai conseguir bancar o custo das viagens? Você sempre deu um jeito de cair fora de planos muito caros. Mas essas festas vão acontecer ao longo de todo o ano. Onde você vai conseguir arranjar tantas desculpas? Seus pais não vão ter condições de bancar essa farra toda. Nem uma festa sequer. Para ser sincera, você teria vergonha até mesmo de *pedir* para eles comprarem uma passagem de avião para ir a uma festa de dezesseis anos.

— Você está planejando dar uma festa? — pergunta Libby para Annabel.

— Provavelmente não. A minha mãe acabaria assumindo o comando e fazendo uma festa chata e sem graça. — Você viu a mãe da Annabel poucas vezes; ela não costuma aparecer muito no campus. A sra. Lake sempre foi gentil, mas tem uma frieza que irrita Annabel. — O único objetivo dela seria impressionar o Brooks. Juro que meus pais estão mais obcecados pelo meu namorado do que eu!

— Bom, isso é natural — diz Libby. — Ele é de uma ótima família...

— Você falou igual a minha mãe! — Annabel finge estremecer.

— Talvez eu faça uma festa no Kentucky, na fazenda — comenta Spider, surpreendendo o grupo. Planejar festas não parece ser a praia dela. — Nada muito chique, mas acho que vai ser divertido.

— Eu adoraria conhecer a sua fazenda — você diz para ela.

— Eu também! Ah, e tenho um chapéu de caubói incrível — acrescenta Annabel.

— Contanto que você não apareça de macacão — diz Libby para Spider. E, antes que vocês tenham tempo de dizer alguma coisa, ela arregala os olhos e sussurra: — Annabel, o *Henry*.

Henry Dearborn: o ex-namorado da Annabel, e sua ex-paixão. Lindo, inteligente, engraçado, gentil... neste exato momento está vindo na direção de vocês.

De repente, Annabel começa a ajeitar seus talheres.

— E daí? Faz um século que terminamos. No inverno passado. Já era. — Ela ajeita os cabelos enquanto ele se aproxima. — Oi, Henry!

— Oi, pessoal. — Ele lança um sorriso simpático para Annabel, e então os olhos dele parecem se demorar mais em você, causando uma verdadeira explosão de fogos de artifício no seu estômago. Você e Henry são companheiros do jornal — ele é o novo editor-chefe deste ano, e você é repórter. Mas existe um lance estranho entre vocês. No ano passado, apesar de ele ser o namorado da sua melhor amiga, você acabou se apaixonando pelo cara — uma paixão que poderia ter sido correspondida. Isso parece loucura, uma vez que a Annabel é incomparavelmente mais incrível, mas você terminou o ano achando que o fim do namoro deles podia ter algo a ver com você.

— Seu verão foi legal? — Annabel pergunta para Henry, num tom de voz frio e indiferente. A sra. Lake ficaria orgulhosa dela.

— Não tenho do que reclamar. E o seu?

— Foi divertido, obrigada.

Depois que ele vai embora, Libby praticamente se debruça sobre a mesa para perguntar:

— Você acha que ele já sabe sobre o Brooks?

— Sei lá — responde Annabel calmamente. No ano passado, ela ficou arrasada quando o Henry terminou tudo. O Brooks parece ser um partidão, mas você desconfia que ela ainda esteja na do Henry. Será mesmo que os sentimentos desaparecem quando se conhece outra pessoa?

— Só mais um café, depois casa? — Annabel pergunta para você.

Você concorda com a cabeça e vai atrás dela. A sua lição de casa mais a conversa sobre as festas de dezesseis anos estão te remoendo de ansiedade. Enquanto desocupa a bandeja e segue para a máquina de café, você dá uma olhada no mural de avisos. Uma família da região está precisando de uma babá para o filho de três anos.

Um trabalho! Por que você não pensou nisso antes? Você se aproxima para dar uma olhada nos detalhes. Se conseguisse levantar uma grana cuidando de crianças, daria para patrocinar sua própria diversão. E assim você não ficaria de fora das festas. Além do mais, você adora crianças. Será que vale a pena tentar?

Você está a fim de...

→ ir para casa sem anotar o contato da família. A quantidade de tarefas já é tanta que não vai sobrar tempo para trabalhar. Siga para o snapshot #2 (página 20).

OU

→ se candidatar ao emprego. Cuidar de criança poderia resolver seu problema de grana. Não vai ser fácil arrumar tempo, mas você vai dar um jeito... Vai valer a pena para poder se divertir um pouco! Siga para o snapshot #3 (página 25).

SNAPSHOT! #2

Sexta-feira, 7 de setembro, 19h20
Casa Moynihan

Estamos no terceiro dia e você parece estar sufocando de tanta tarefa de casa. Na noite passada, depois que voltou do refeitório com a Annabel, você ficou acordada até as duas da manhã terminando tudo. E hoje, depois da aula, voltou correndo para o quarto para começar a nova montanha de deveres. É assim que vai ser o segundo ano? Pilhas e pilhas de lição? Só estresse?

Você não sabe se vai aguentar.

Quando você se inscreveu para a Kings — fez a prova de admissão e enviou a ficha de inscrição escondido de seus pais —, foi para ter acesso a uma educação melhor e aumentar suas possibilidades futuras. Mas talvez você simplesmente não consiga dar conta do recado.

Ainda bem que você não se candidatou para a vaga de babá. Esqueça as festas. Mesmo que pudesse bancar as viagens, o que não pode, isso só serviria para te desviar do foco. Se quiser fazer tudo direitinho, é melhor se concentrar.

Com isso em mente, você volta para a Europa da idade da pedra. Só faltam cento e trinta e cinco páginas para ler. Espera... cento e trinta e cinco? Não pode ser. Você dá uma olhada na lista — cento e trinta e cinco. E você ainda nem tocou na lição de matemática. Desse jeito vai varar a noite até as duas da manhã novamente.

Uma sensação estranha e meio louca toma conta de você. Seu coração começa a bater mais rápido, muito mais rápido, e suas bochechas ficam vermelhas. Você respira com dificuldade e segura firme nos braços da cadeira. E então o ataque de pânico passa tão rapidamente quanto começou. Você permanece sentada por alguns segundos para recuperar o fôlego e processar o que acabou de acontecer. Não quer preocupar seus pais, por isso não telefona para casa, mas de repente você gostaria de não estar sozinha. Faz duas horas que a Annabel saiu, levando sua mala de grife lotada de cashmeres para passar o fim de semana com o Brooks em Boston. Essas duas horas passaram voando — você ralou resolvendo problemas de física, chupou metade de um pacote tamanho família de balas de caramelo e ignorou as mensagens que a Spider enviou pelo celular, perguntando o que você ia fazer à noite.

Alguém bate forte à porta, mas você já sabe que é a Spider. Então vem uma onda de alívio.

— Ei, nós sabemos que você está aí! — ela grita do corredor tão alto que parece que está usando um megafone. — Fecha esse livro e levanta daí! Vamos, levanta daí!

Você sorri, e seus músculos faciais parecem um pouco rígidos devido à falta de uso.

— Estou indo, estou indo! — Você abre a porta e dá de cara com a Spider, com sua calça de agasalho da Kings e seu moletom com capuz. Libby está ao lado dela e parece bem menos entusiasmada em te ver. — Oi, gente.

— Você não percebeu que estou enviando mensagens faz um tempão? — pergunta Spider, invadindo o quarto. — Só porque não moramos juntas este ano não quer dizer que você pode me ignorar. É sexta à noite. Você tem o fim de semana inteiro para fazer a lição de casa. Dá para ver na sua cara que você está precisando dar um tempo. Estamos indo ao cinema. Coloca um tênis e vem com a gente.

Você sabe que ela está certa. Você vem estudando sem parar desde o início das aulas. Para tirar dez na Kings é preciso disciplina, mas tirar uma folguinha de vez em quando pode ser bom para a saúde mental — aquele leve ataque de pânico que você acabou de sofrer foi um aviso.

Vinte minutos depois, você está sentada entre a Libby e a Spider no cinema, com um saco de pipoca apoiado em um dos joelhos. Você abre um saquinho de M&M's sorrateiramente e despeja sobre a pipoca amanteigada — sua gordice doce e salgada preferida para comer vendo um filme.

— Tom Hanks! — grita Spider assim que uma propaganda surge na telona. — Cara, é muito legal saber as coisas. Pena que na Kings não tem uma matéria que teste seus conhecimentos sobre cinema.

Libby dá uma olhada na tela, em seguida olha de volta para o celular. Irritada, balança a cabeça antes de começar a digitar alucinadamente uma resposta.

— Tá tudo bem? — você pergunta.

— A minha cerimonialista está me deixando louca — ela resmunga. — Ela deu a ideia de encher de balões a tenda onde vai ficar a pista de dança. Balões?! Até parece que estou fazendo cinco aninhos. Ainda bem que a mamãe cortou na hora, mas como é que eu vou confiar no bom senso da mulher?

— Você contratou uma cerimonialista?

— Claro. Acha que a mamãe tem tempo de cuidar de todos esses detalhes?

— Certo. Só imaginei que...

— *Instinto selvagem!* — grita Spider. As duas desenvolveram a habilidade de cortar o papo uma da outra, como se fossem um casal de longa data. Às vezes você gostaria de poder dar uns cortes na Libby também, mas não tem a mesma sorte.

— Seja sincera: você acha que devo servir carne de cordeiro? Será que é muito bizarro para um jantar? A outra opção seria filé mignon, mas é tão comum... — Agora ela está falando outro idioma, sem nem se dar conta de que você não sabe nada sobre o vocabulário do mundo das festas e dos eventos beneficentes. Em Hope Falls, filé mignon é tudo, menos comum.

— A festa não é só em dezembro? — você pergunta.

— É, na segunda quinzena.

— E você já está escolhendo o cardápio?

Libby a encara de um jeito confuso.

— Estamos começando a discutir isso. Não vamos decidir tudo até novembro. — Quando os créditos surgem, Libby guarda o celular na bolsa Goyard. — Você parece estressada — ela comenta.

Você fica surpresa que ela tenha notado.

— Vai passar. É que esse ano tem muito mais lição do que no ano passado.

Ela se aproxima um pouco.

— Se quiser posso te arrumar uma receita de Adderall.

Como sempre, você não faz a menor ideia do que ela está falando.

— O que é Adderall?

— Fala sério! Ele ajuda na concentração. As crianças que têm déficit de atenção tomam isso. Ele vai te ajudar a fazer toda a lição; você pode ficar acordada até altas horas, e seu cérebro ainda vai continuar ligadão. Como você acha que eu consegui passar de ano? Além do mais, ajuda a controlar o peso. — Ela dá uma olhada no seu saco de pipoca. — Se quiser, conheço um médico que pode dar um jeitinho.

Você está a fim de...

→ dar uma ligadinha para o médico da Libby. Suas notas são muito importantes — e, se os últimos dias foram uma amostra, vai ser impossível se manter firme com toda a carga de trabalho deste ano. Talvez o Adderall ajude. Siga para o snapshot #16 (página 77).

OU

→ dizer à Libby que não está a fim. Sim, este ano promete, mas você não vai tomar remédio para superar essa fase. Você vai encontrar uma saída saudável. Siga para o snapshot #4 (página 30).

SNAPSHOT! #3

Sábado, 8 de setembro, 10h07
Casa dos Lewis

— Parker! Paaaaarker! — A morena atraente de trinta e poucos anos do outro lado da mesa grita para o filho por cima do ombro antes de virar de volta para você com um sorrisinho de desculpa. É Brenda Lewis. Você acabou de conhecê-la, depois de ter ligado em resposta ao anúncio de "Precisa-se de babá" que ela colocou no mural do refeitório. — Ele é um garoto incrível. Quer dizer, ele tem só três anos, mas é incrível. É muito *esperto*! — Apesar de estar de jeans e camisa, ela lhe dá a impressão de ser alguém que se sentiria muito mais confortável usando terno o fim de semana inteiro. Brenda tem um escritório de contabilidade e trabalha até tarde. — Seu currículo é muito bom. Aqui consta que você já trabalhou como monitora em um acampamento de férias durante vários verões.

— Isso mesmo. Eu adoro crianças. — Brenda e o marido, Paul, estão precisando de uma babá para meio período: vinte horas semanais, quinze dólares por hora. Dinheiro suficiente para bancar uma ou duas viagens. Além de alguns vestidos lindinhos, uma vez que você não tem nada de bom no seu guarda-roupa para usar nessas festas. Mas primeiro você precisa conseguir o emprego. — O que eu mais gostava de fazer no acampamento era criar atividades de artes e artesanato. Se o Parker...

A sra. Lewis parece distante.

— Parker! Parker, vem aqui! — ela grita outra vez, mas você ouve o barulho do menininho brincando no quarto. Brenda passa os dedos nos cabelos curtos e ondulados. Ela parece irritada, apesar de você não saber direito por quê. A casa está calma e arrumada, e dá para ouvir uma música clássica tocando baixinho. Uma orquídea superbonita enfeita o centro da mesa da sala de jantar. — Não sei por que meu marido está demorando tanto. Eu gostaria que ele te conhecesse, porque ele fica mais em casa do que eu durante a semana.

Após um silêncio desconcertante, você resolve fazer algumas perguntas:

— A senhora poderia me falar um pouco sobre como é a rotina do Parker?

— A rotina dele? Ele, humm... acorda cedo e assiste ao *Elmo* por meia hora. Normalmente o deixamos comer cereais na nossa cama... para facilitar as coisas. Nós o vestimos, depois o Paul brinca com ele enquanto eu me arrumo para ir trabalhar. O Paul é publicitário, e os horários dele são mais flexíveis que os meus. Ele diminuiu a carga horária de trabalho para ficar com o Parker. Precisamos de alguém para nos ajudar no período da tarde, das três às sete da noite. Você disse que esse horário se encaixa com o seu?

Você assente. Vai ficar apertado, mas dá para encaixar. Por conta disso, você terá menos tempo para o jornal este ano do que no ano passado, o que é uma droga. Por uma fração de segundo, você se pergunta se ir a essas festas deveria mesmo ser uma prioridade, especialmente se isso significar colocar em segundo plano outras paixões, como o jornalismo. Mas se você não se divertir enquanto é jovem, quando vai se divertir? Só se vive uma vez.

Parker entra correndo na sala, um loirinho fofo de cabelo espetado, segurando uma canetinha destampada em cada mão.

— Paaaarker! — A voz de Brenda é puro terror. — Abaixe essas canetinhas, Parker. Abaixe. Essas. Canetinhas.

Você vê uma pilha de papel sulfite em cima de uma caixa próxima.

— Posso dar uma folha para ele? — você sussurra, apontando para a pilha de papel.

— Ah, por favor. Ótimo. Aqui, Parker, expresse a sua criatividade neste papel. — Brenda coloca a folha sobre uma mesa pequena em um canto (um dos poucos sinais de que tem criança na casa) e vira para você. — Ele é muito criativo. Então você estava dizendo que gosta de artes e artesanato?

— Isso mesmo! No verão passado inventei um monte de coisas diferentes para fazer com caixinhas de ovos — você conta, entrando em contato com sua nerdice interior. — As crianças adoraram. Algumas tinham a idade do Parker.

— Você é muito mais nova que todas as outras babás que já tivemos, mas acho que isso pode ser bom. Sabe, é preciso ter muita energia para cuidar de um garoto de três anos. — Parker rabisca o papel furiosamente. — E paciência.

Você tem a impressão de que Brenda Lewis preferiria passar os fins de semana enfiada no escritório até o Parker ter idade para dirigir.

— O que você está desenhando, fofinho? — você pergunta.

— O Homem-Aranha — diz ele, sem tirar os olhos do papel.

— Ele é louco pelo Homem-Aranha — fala a mãe, de olho em uma mensagem de texto que acabou de chegar no seu iPhone. — Você poderia começar na próxima semana?

Como assim, você já foi aceita? Você escuta o barulho da porta dos fundos se abrindo, e uma voz masculina anuncia:

— Bagels!

— Pai! — Parker tira os olhos do papel e seu rostinho se ilumina.

— Ei, amigão! — Paul Lewis, um homem lindo de morrer com uns trinta e poucos anos, acaricia os cabelos do filho enquanto entra na sala com um saco de papel pardo enorme. Esse é o marido da Brenda? Hum, como ela conseguiu isso?

— Finalmente — diz Brenda. — Gostaria de lhe apresentar meu marido, Paul. — Ele coloca o saco sobre a mesa e sorri. Na hora você percebe que ele é muito mais legal do que a esposa (se bem que isso é fácil). Brenda não parece ser uma má pessoa, só... *brrrr*. — Pegou muita fila, Paul?

— Nem me fala! — diz ele, trocando um aperto de mão com você. — Acho que descobriram o meu segredinho. — Ele ergue o saco de papel. — Encontrei uma pequena padaria numa cidade próxima daqui que faz bagels que são *quase* iguais aos de Nova York. Não sei como eles descobriram, mas vale a pena ir até lá. Achei o lugar faz dois anos, quando nos mudamos pra cá, mas agora tem uma fila gigante.

— Deve ser porque você contou sobre a sua Meca do bagel pra todo mundo desde que nos mudamos — aponta Brenda.

— É verdade. — Paul sorri novamente, ignorando a provocação da esposa. — Você vai levar alguns para casa. Comprei um montão. Você estuda na Kings, não é? A Brenda disse que você está no segundo ano? Está gostando?

— Estou amando — você responde meio que de reflexo e então pensa se é mesmo verdade. Esta primeira semana tem sido de matar. Todo mundo que você conhece está estressado, e você, ao contrário dos seus amigos, ainda precisa se preocupar com as suas notas por causa da bolsa de estudos. Esse é um dos motivos pelos quais você está tão desesperada para ir a essas festas:

a vida na escola não promete ser muito divertida, e, para não ficar maluca, você vai precisar contar com alguns finais de semana animados pela frente.

Paul puxa uma cadeira junto à mesa de jantar.

— Ouvi dizer que Eugene McAfee é o escritor-residente deste ano.

— Isso mesmo! Sou fã do trabalho dele.

— Ele é um dos meus autores preferidos — diz Paul. — Na verdade, ele me inspirou a escrever o meu primeiro romance...

Brenda nem está prestando atenção.

— Dá pra você começar na semana que vem? Terça, às quinze horas?

Então o emprego é seu? Nada de checar referências, nenhuma outra pergunta? Você não esperava uma entrevista assim. Você dá uma olhada para o Paul, e ele dá de ombros, mas não parece ter nenhuma objeção quanto à oferta precipitada de sua esposa. Agora a pergunta é: você quer mesmo trabalhar?

Você está a fim de...

↪ aceitar o emprego. Brenda Lewis pode até não ser muito legal, mas o Parker é um fofo. Além do mais, você vai ganhar uma grana... exatamente o que estava querendo. Siga para o snapshot #6 (página 36).

OU

↪ passar. Afinal, vinte horas por semana é um bocado de tempo — e a frieza de Brenda Lewis lhe dá arrepios. Siga para o snapshot #7 (página 44).

SNAPSHOT! #4

**Terça-feira, 2 de outubro, 19h25
Casa Moynihan**

— Vou lhe dizer uma coisa — seu pai explica ao telefone. — Você está precisando se exercitar. É a única coisa que vai acabar de vez com o seu estresse. Comece a correr, e prometo que vai se sentir melhor.

A sugestão deixa você entediada. Você não pratica nenhum tipo de atividade física desde que voltou para o campus. Tem andado muito ocupada com a enorme quantidade de lição de casa que seus professores não param de descarregar, sem dó nem piedade. Você está tão cansada que tudo o que mais quer é se jogar na cama com uma dessas revistas de fofoca. Mas tem aquela pilha de coisas para ler esperando em cima da sua escrivaninha. E ela não vai sair do lugar num passe de mágica.

Você está a fim de...

→ seguir o conselho do seu pai e tirar a teia de aranha que se formou no seu par de tênis. Você sabe que isso vai lhe fazer bem. Siga para o snapshot #5 (página 31).

OU

→ pegar firme nos estudos. Uma hora na academia é uma hora que você poderia usar para terminar suas coisas. Siga para o snapshot #9 (página 56).

SNAPSHOT! #5

Terça-feira, 2 de outubro, 19h34
Academia O'Malley

Você aperta a setinha para aumentar a velocidade da esteira, curtindo a queimação nas pernas e pulmões enquanto se esforça para manter o ritmo. Uau, a sensação de correr é incrível. Você estava precisando disso. Com a música nova do Kanye bombando no iPod, você sente seu corpo liberando um pouco do estresse.

Uma garota alta e sarada sobe na esteira ao lado. Você nota que ela dá uma conferida nos números do seu painel, e, quando seus olhos se cruzam por um segundo, ela a cumprimenta com uma expressão de respeito. Ah! Você sorri, orgulhosa de si mesma. E então ela começa a aumentar a velocidade da esteira. Você segura uma risada diante da amostra de competitividade. Mas não demora muito para você também começar a aumentar a sua velocidade até correr mais rápido.

Ela faz o mesmo. Quem é essa garota?

Logo as duas estão correndo o mais rápido que conseguem, a passos largos e acelerados. Você se recusa a parar. Afinal sempre teve um lado teimoso — e agora ele aflorou com força total. Você está ofegante. Os minutos passam lentamente, mas você não para. Finalmente, sua parceira de corrida aperta o botão de parar da esteira. Você venceu. Agora também pode parar. Aliviada, você aperta o botão vermelho, e a esteira vai diminuindo a velocidade gradativamente até parar de vez.

— Meu nome é Ângela — ela se apresenta, meio esbaforida e enxugando a testa com uma das toalhinhas brancas que ficam à disposição no balcão da recepção. — Já pensou em entrar para uma equipe de remo? Com o seu espírito competitivo, você se sairia muito bem.

— Remo? Não sei. Não sou do tipo que acorda cedo.

— Você se acostuma rapidinho com o horário. Ir para a água logo cedo transmite muita paz. Você começa a desejar isso.

Você já viu o pessoal do remo treinando de manhã no ano passado, quando acordou muito cedo para fazer um simulado. Com os olhos embaçados, você seguia ao longo do rio, meio tonta de sono a caminho da biblioteca de ciências, e se deteve quando avistou os barcos. Você adorou ficar ali assistindo — o sincronismo perfeito dos remos cortando a água, impulsionando os barquinhos magrelos a passar por baixo da passarela.

— Não sei, não — você diz a Ângela, apesar da vontade de experimentar um novo esporte. Você nunca fez parte de um time. Ela passa o número do telefone, caso você mude de ideia.

Você volta caminhando para casa com os ânimos renovados. Talvez consiga superar este ano. Você nem percebe que está assobiando o grito de guerra da escola até ouvir outra pessoa assobiando junto, um pouco mais atrás.

— Alguém incorporou o espírito da escola — diz Henry Dearborn, pousando de leve o braço em seu ombro. É um gesto de amizade, mas você enrijece na hora. Ele está lindo como sempre, com uma jaqueta de veludo cotelê e jeans, os cabelos e a pele dourados das férias de verão. De repente você lembra que está com a roupa suada da academia e com as bochechas vermelhas.

— Com foi o seu verão, gata? — pergunta ele, tirando o braço. Você sabe que ele passou o verão fazendo um estágio no jornal de Cape Cod. Os pais dele têm uma casa lá. Uma das coisas que você admira no Henry é a dedicação para se tornar jornalista. É legal pensar que um dia você vai ler uma manchete dele no *New York Times* ou na *Time*. Você sabe que isso vai acontecer.

— Foi bom, mas parece que foi há anos.

— O segundo ano não é fácil mesmo. No começo os professores acabam com a gente. Mas depois vai ficando mais de boa. Espero que você tenha tempo para o jornal. Estamos contando com a sua participação.

Você balança a cabeça, animada com a ideia.

— Durante o verão pensei em uns artigos mais extensos para escrever. Sabe, abordar temas mais complexos na escola.

— Eu adoraria ouvir o que você tem em mente. Você vai estar livre na quinta-feira à noite? Poderíamos falar sobre isso em um jantar. — Ele limpa a garganta, mantém os olhos fixos adiante, mas vocês dois sabem que não teve nada de casual no fato de Henry ter acabado de convidar você para sair.

Ele está marcando um encontro. Agora não tem como negar: o ex-namorado da Annabel está interessado em você. Você tinha desistido de sonhar com o Henry. Será que isso está mesmo acontecendo?

Annabel. Você desconfia de que ela não vá ficar nada contente quando souber que você está saindo com o Henry, apesar de ela estar com o Brooks, agora.

— Combinei de sair com a Annabel amanhã à noite. Posso te dar a resposta depois? — Foi o seu jeito nada sutil de lembrar seu paquera que a sua amiga vem em primeiro lugar e você precisa falar com ela antes.

— Claro, sem problema. Como a Annabel está? Ouvi dizer que ela está com o Brooks; cara bacana. Eles formam um belo casal.

Você nem se dá ao trabalho de perguntar como o Henry ficou sabendo sobre o Brooks — o universo que cerca a Academia Kings é uma teia complexa de conexões familiares e gerações de velhas amizades. Mas isso não vem ao caso. Você sabe muito bem o que o Henry está dizendo implicitamente: a Annabel está numa boa. O que significa que você deveria ir jantar com ele.

O alojamento surge mais à frente, pondo um bem-vindo ponto-final na conversa que você não deseja levar adiante.

— Daqui a pouco te mando uma mensagem, respondendo sobre o jantar.

— Legal.

Você sobe os degraus da frente correndo, e lembra novamente que seria bem melhor se não estivesse com a roupa de ginástica suada. Mas ao dar uma olhadinha da porta, você descobre que pelo jeito o Henry não se importa. Ele está encostado a um poste, sorrindo. Aqueles olhos cinza penetrantes, aquele sorriso de arrasar... Como você pode dizer não para ele? Um encontro com Henry Dearborn. Você conseguiu sufocar a sua paixonite por ele no ano passado, mas ainda acha que ele é tudo de bom. E a Annabel pelo jeito está na do Brooks.

Por que então você desconfia de que a Annabel ainda sente algo pelo ex?

E em seguida vem a grande pergunta: Que importância tem isso?

Você está a fim de...

→ passar. Sair com o ex da sua melhor amiga está fora de cogitação... sobretudo quando sua intuição lhe diz que ela ainda sente algo por ele. Siga para o snapshot #11 (página 64).

OU

→ pedir permissão para a Annabel. Não custa nada perguntar, não é mesmo? Siga para o snapshot #10 (página 60).

SNAPSHOT! #6

Terça-feira, 16 de outubro, 18h15
Casa dos Lewis

— Faz moicano! Faz moicano! — Parker insiste na banheira, e vocês riem enquanto você ensaboa os cabelos loiros dele para que fiquem espetados para cima. Ele ergue as mãozinhas para tocar nos fios eriçados e cai na risada. Só faz cinco semanas que você começou no trabalho, mas já está apaixonada pelo garoto. Ele é engraçado, esquisitinho, questionador e ótima companhia. Claro que rolam umas birras típicas de uma criança de três anos, mas o Parker é demais.

— Agora vamos ver se você consegue fazer bolhas! — você diz. Parker sorri e na hora mergulha o rosto na água; o garoto não tem medo de nada. Bolhas grandes e barulhentas sobem na superfície. — Uau, Park, você é muito bom nisso! — você faz festa quando aquela bela carinha aparece.

Você está prestes a embarcar na aventura diária de dar banho no Parker com a esponja do Elmo quando batem à porta, e Paul aparece logo em seguida. Parker quase tem um ataque.

— Paaaaai! — ele berra, esfuziante. Então se contém. — Estamos nos divertindo pra caramba — ele conta para o pai num tom mais sério.

— Estou vendo — Paul ri. — Ei, ouvi dizer que vocês foram à biblioteca hoje. E então? — Você costuma enviar fotos para

Brenda e Paul do Parker fazendo várias atividades. Paul sempre escreve um comentário em seguida — ele parece gostar muito de saber o que o filho está fazendo de novo. Brenda, por outro lado, nunca respondeu nada. Já se passaram quase seis semanas, mas Brenda Lewis ainda não quebrou o gelo. Vocês quase não se encontram — você interage mais com Paul, que fica com Parker metade do dia até a sua chegada e à noite retoma os cuidados do menino para você poder ir embora. Brenda trabalha até tarde. Nas poucas vezes que chegou antes do seu horário de ir embora, ela mal a cumprimentou. É compreensível — ela chega louca para ver o filho —, mas é um tanto indelicado.

— Peguei seis livros novos! — conta Parker, muito empolgado.

— Estão perto da cadeira, no quarto dele.

— Legal — diz Paul. — O que você acha, Park, de lermos *todos* hoje à noite, antes de dormir?

— Oba! — o garoto fica animadíssimo. Você adora vê-lo feliz. Parker é muito fofinho. E você percebe que Paul ama o filho. São momentos felizes como esse que fazem você se apaixonar cada vez mais por seu novo trabalho.

— Como está indo a campanha do sabão? — você pergunta para Paul. É divertido ouvir sobre os projetos dele. Ele tem dado consultoria em campanhas publicitárias, trabalhando como autônomo, para manter seus contatos e o talento afiado. Pelo que você percebeu, ele é muito bom no que faz, tanto que até tem dispensado alguns trabalhos. Parker é a sua prioridade.

— Está indo. Ei, dei uma passadinha na livraria nova da cidade quando estava vindo para casa. Você já foi lá?

— Já. Amei. É o melhor lugar para passar uma tarde de sábado. — A livraria não é muito grande, mas tem um catálogo muito bom e é aconchegante, com a lareira acesa o tempo todo.

— Tem umas joias raras por lá. — Paul mostra um pequeno volume que estava escondendo atrás das costas. Até amarrou uma fita vermelha ao redor. — Achei que você iria gostar. É uma lembrancinha pelo excelente trabalho que tem feito com o Park.

— É muita gentileza sua — você agradece, enxugando as mãos antes de pegar o livro. — Mas não precisava! É tão divertido ficar com o Parker que nem parece que é trabalho. — Paul é um cara superlegal. Você dá uma olhada no livro que ele lhe deu. *Espinha de peixe*! O primeiro livro que Eugene McAfee escreveu. Ele tinha apenas vinte e quatro anos quando o livro foi publicado e enaltecido pela crítica. Depois o elegante conto foi ofuscado pelo sucesso dos seus outros romances. Você ainda não teve oportunidade de ler. — Uau, Paul, que atencioso.

Paul sorri.

— Fico feliz que tenha gostado!

— Eu amei. Vai ser o meu livro de cabeceira esta noite! — Parker interrompe o momento ao mergulhar a cara na água para fazer bolhas barulhentas.

— Legal. Pode deixar que assumo a partir daqui se você tiver que ir embora — diz Paul, e então a encara. — A menos que esteja a fim de ficar...

Você não entende direito o que ele quis dizer com isso. Se você quer ficar com ele e o Parker? Parece divertido, mas você tem uma montanha de lição de casa para fazer.

— Tenho que estudar cálculo, *ugh* — você responde. O banheiro é apertado, e por isso você é obrigada a passar pertinho dele para chegar até a porta. — Pra poder ler o *Espinha de peixe* depois.

Paul concorda com um aceno de cabeça, e uma mecha de cabelo cai sobre um dos olhos. Você é obrigada a admitir que ele é muito gato, e parece muito mais jovem do que realmente é. De repente, lhe ocorre que Paul é *perigosamente* gato.

Você veste o casaco e vai para casa, varrendo o pensamento da mente. Está escuro e frio, e você sente falta do aconchego do lar dos Lewis, do som doce das risadinhas do Parker. Quando finalmente chega em casa, você encontra Annabel e Libby na sala. Pela cara da Annabel, dá para perceber que a Libby abusou da hospitalidade.

— Ele deve ter algum amigo solteiro — Libby diz quando você senta. Annabel dá uma olhada, e na hora você saca tudo. Desde que a Annabel começou a namorar o Brooks que a Libby está louca para se ajeitar com um dos amigos dele.

— Vem comigo no próximo fim de semana que eu te apresento alguns — diz Annabel.

— Sério? — Libby bate palmas. — Legal! Uma viagem de carro!

Annabel sorri e em seguida olha para você.

— Vai ter um montão de gatos da Exeter por lá, caso você mude de ideia e resolva vir também.

— Desculpa. O Paul e a Brenda têm um casamento no próximo fim de semana, e eu prometi...

— Você só pensa nessa família! — Libby balança a cabeça, irritada. Ela não consegue entender por que você arrumou um emprego, e isso parece queimar o filme dela. — Você precisa arrumar um tempo para você.

Ops. Como sempre, a Libby fala sem rodeios o que passa pela cabeça dela. Mas será que ela está certa? Antes que você tenha tempo de refletir, seu telefone toca avisando que chegou uma nova mensagem. Você baixa os olhos, vê que é do Paul e sente um friozinho na barriga.

Essa não.

Você sabe o que isso significa.

Ainda não é uma paixão, mas você sabe que vai acabar acontecendo.

Você lê:

> Acabei de ver que o McAfee vai participar de um debate amanhã na Livraria da Traça. Você deveria ir com o Parker!

Num impulso, você responde:

> Parece incrível, mas não para um garoto de três anos... por mais esperto que o Parker seja.

Um segundo depois:

> Leve alguns pirulitos. Ele vai ficar bem.

Você sorri e responde:

> Vou levar! Obrigada pela dica... e pela permissão para o suborno.

— Com quem você está falando? — pergunta Libby, espiando por cima de seu ombro. — Ah, claro. Com a sua família de faz de conta. — Ela pega seu celular para ver a foto do Parker que você tirou no parquinho no dia anterior e que agora serve de fundo de tela. Então começa a ver todas as fotos. — Nossa, você tem um monte de fotos desse garoto. Um monte!

— Ele é fofo! — Não dá para evitar, e você fica um pouco na defensiva. Ela está agindo como se você fosse uma maluca obcecada, quando na verdade você não passa de uma babá atenciosa. — Tiro fotos para mostrar para os pais dele como ele está se divertindo.

Mas Libby nem ouve.

— Esse é o *pai*? — Ela mostra uma foto do Parker no balanço com o Paul ao fundo, sorrindo, feliz da vida. Nesse dia, você se encontrou com eles no parquinho.

— Hum? — Você faz de tudo para parecer natural, mas o tom da Libby diz tudo. — Ah, sim, esse é o Paul.

— Uau! — exclama Annabel, olhando para a foto. — Ele é um gato.

— Gente, ele é casado. E não vejo o Paul com esses olhos. Nós apenas gostamos dos mesmos autores...

— Deixa eu adivinhar, foi ele quem te deu esse livro? — pergunta Libby, apontando para o livro que está na sua mão. Na hora você se arrepende de não ter tirado a fita vermelha. Mas, e daí, por que deveria? Você não tem nada a esconder.

— Posso ver? — Annabel estende a mão e você entrega o livro. Ela desfaz o laço e dá uma folheada. — Primeira edição. Uau, além de tudo é generoso.

É mesmo? Você nem tinha percebido.

— Um cara casado está te dando *presentes*? — indaga Libby. — A esposa dele sabe disso?

— Ele só está sendo gentil. — Você tenta pegar o celular de volta, mas ela o puxa e vira de costas. — Leve alguns pirulitos? — Libby olha espantada para Annabel. — Ele mandou uma mensagem dizendo para ela levar pirulitos amanhã. Fala sério. O cara tá de brincadeira? Se gosta tanto de ler, então você deveria ler *Lolita* outra vez!

— Os pirulitos são para o filho dele, sua tonta! — Suas bochechas estão queimando quando você consegue recuperar o telefone. — Será que posso ter um pouco de privacidade, por favor?

Libby balança a cabeça como se não pudesse acreditar em sua ingenuidade.

— Só estou dizendo para tomar cuidado.

— Não estou fazendo nada!

— Claro que não — diz Annabel, finalmente tomando o seu partido. — Libby, ela pode ser amiga do cara sem... você sabe...

— Agir como uma destruidora de lares? — Libby completa a frase. — Certo, deixa pra lá. Esqueçam o que eu disse.

Bem que você gostaria. Mas, agora que a Libby falou sobre aquela sensação desconfortável que lhe acometeu quando passou pertinho do Paul no banheiro apertado, a semente foi plantada. Será que essa amizade com o seu patrão casado tem alguma coisa de errado? Será que no fundo existe algo mais além de amizade?

Seu telefone vibra outra vez. Paul.

> Vou tentar encontrar você e o Parker amanhã. Consegui mudar alguns compromissos.

Seu estômago dá um salto acrobático. Talvez a amizade com o Paul esteja indo longe demais... Mas será que você quer pôr um ponto-final nela?

Você está a fim de...

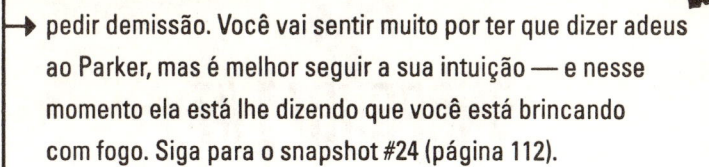

→ pedir demissão. Você vai sentir muito por ter que dizer adeus ao Parker, mas é melhor seguir a sua intuição — e nesse momento ela está lhe dizendo que você está brincando com fogo. Siga para o snapshot #24 (página 112).

OU

→ ir levando. Seria muito difícil dizer adeus ao Parker, você ainda não conseguiu guardar dinheiro suficiente, e a Libby está fazendo uma tempestade num copo d'água. Siga para o snapshot #25 (página 115).

SNAPSHOT! #7
Quarta-feira, 26 de setembro, 19h45
Biblioteca Therot

Depois que resolveu não aceitar o emprego de babá — Brenda Lewis parecia ser uma tremenda dor de cabeça prestes a explodir —, você foi direto para a secretaria da escola, onde descobriu que eles tinham aberto uma vaga para trabalhar na biblioteca. O emprego dos seus sonhos.

— Quer um café? — pergunta Maureen, sua companheira de trabalho, uma garota caladona do primeiro ano, viciada em cafeína.

— Você vai sair? Aceito um chocolate quente, se não for muito trabalho. — Você procura dinheiro na bolsa e dá para Maureen.

— Esse é por minha conta. Volto em quinze minutos. — Ela sai correndo e você retoma a leitura do livro de história americana.

Você mal acredita que está sendo paga para sentar no balcão de atendimento, alternando entre ficar de olho nas pessoas, fazer sua lição de casa e verificar se tem um livro ou dois. A biblioteca Therot é linda, com estantes de mogno que vão do teto ao chão e uma lareira crepitante no cantinho de leitura. Quando as noites estiverem mais frias, esse vai ser o lugar mais aconchegante para passar o tempo. Será que é tão fácil assim ganhar dinheiro? É muito gratificante poder fazer a lição de casa e ao mesmo tempo ganhar uma grana. O relógio demora a marcar vinte horas. Maureen volta com o seu chocolate divino, coberto de chantili. Você continua lendo, terminando o dever de casa. A biblioteca está quente e quieta, um casulo de tranquilidade.

A vida é boa. E então ele entra pela porta da frente, e tudo fica ainda melhor.

Você acredita em amor à primeira vista?

— Quem é ele? — você sussurra para Maureen.

Ela dá uma olhada no cara e dá de ombros.

— Não faço ideia. Mas é bonitinho.

No mínimo. É alto, mas não muito. Os olhos são castanhos tão escuros que parecem quase pretos, e os cílios, muito espessos. Os cabelos também são castanho-escuros, bem curtinhos. Ele veste um moletom grafite de capuz, uma camiseta branca por baixo, e jeans claro. A pele é morena e lisinha. Ele carrega uma mochila velha pendurada num ombro. É um gato, sim, mas isso não explica o fato de você sentir que seu coração está querendo sair pela boca. Quem é ele? Você tem certeza de que nunca o viu antes, andando pelo campus. Tem um monte de alunos gatos na escola, mas esse cara tem alguma coisa de diferente. É mais simples. Mais real.

Se controla... o sr. Real se aproxima do balcão de atendimento. Você dá uma ajeitada nos cabelos.

— Oi, será que você poderia me dizer onde fica a seção de história da arte? — A voz dele não passa de um sussurro, e automaticamente você se inclina um pouco para a frente. — Estou procurando livros sobre Michelangelo.

— Você não acha melhor mostrar para ele? É meio confuso — sugere Maureen, removendo a tampinha de sua terceira Coca Zero da noite. A garota é viciada, mas pelo menos está se mostrando solidária. Ou talvez ela realmente ache confuso.

— Claro. — Você levanta da cadeira num pulo, olhando de canto de olho para seu livro de história. Ainda bem que você vestiu sua calça jeans preferida e uma blusa legal. E pensar que quase trocou pela calça de agasalho que a Spider te deu no ano passado, aquela muito confortável, mas que deixa seu traseiro cinco vezes maior. Ainda bem que você resistiu.

— Obrigado, mas não quero interromper sua leitura. — Ele parece desconfortável por fazer você deixar seu livro. Será que alguém pode ser tão fofo e sensível?

— Meu trabalho é ajudar as pessoas a encontrar livros. — Você ri, já indo em direção à escada. — Eu não ligo. Então você está estudando história da arte com a srta. Litchfield? Ouvi dizer que a aula dela é excelente.

Seu cara misterioso limpa a garganta.

— Não. Na verdade eu não estudo aqui. — Ele olha como se você fosse expulsá-lo dali. Até parece.

— Você é de outra escola por aqui?

— Isso mesmo. Costumo vir aqui para pegar mais livros sobre um assunto quando falta na biblioteca da nossa escola. O que vive acontecendo.

Tão... lindo, sensível e *inteligente*.

— É, a biblioteca daqui é incrível. Ouvi dizer que é a maior do país numa escola de ensino médio. — Ao se dar conta de que soou como uma verdadeira nerd, você se cala. Então você o guia entre as estantes, curtindo o silêncio absoluto nessa parte da biblioteca e as fileiras de livros que parecem não ter fim. É assim que você imagina que seria a sensação de mergulhar, explorando as profundezas silenciosas do mar. — Você está estudando sobre Michelangelo, então?

— Estou. Bem, não oficialmente. Não temos aula de história da arte. Estou estudando por conta própria. Ah, meu nome é Sam — ele se apresenta, estendendo a mão. Você percebe que ele parece um pouco nervoso, o que a deixa mais tranquila. — Obrigado por me ajudar.

— Fico feliz em poder ajudar. — Você diz seu nome, aperta a mão de Sam e sente um friozinho quando sua pele toca na dele. Será possível se sentir tão atraída por um estranho? Será que Sam também está sentindo a mesma coisa? Você chega à seção de arte e busca entre as prateleiras pelos livros de arte renascentista. — Este livro é sobre como ele pintou a Capela Sistina.

Sam meneia a cabeça.

— Esse eu já li, é muito bom. Estou procurando um que conte um pouco do contexto histórico. Ainda não entendi por que ele só passou a ser reconhecido pelos críticos de arte a partir do século dezoito. — Ele pega outro livro de uma prateleira e lê a contracapa. *Vai com calma,* digo a mim mesma. Não tem jeito: você é louca por caras inteligentes. Os dois procuram entre os títulos na estante. Você se pergunta se ele se deu conta do quão próximo vocês estão, de que seus braços estão praticamente se tocando. Você procura por livros sobre Michelangelo, mas na verdade só está enrolando para voltar para a sua mesa.

— E você, estuda aqui? — pergunta Sam, erguendo seus lindos olhos do livro.

Ai, meu Deus.

— Sou veterana. Estou no segundo ano — você responde, orgulhosa da sua habilidade de ainda conseguir formar uma frase diante daqueles olhos.

— Eu também. — Ele para, como se estivesse pensando se deveria ou não lhe perguntar algo. — Você gosta daqui?

— Na maior parte do tempo. No começo fiquei com medo de não conseguir me enturmar. Sou de uma cidade pequena e não tenho o perfil de um típico aluno da Kings, mas consegui fazer ótimos amigos. — É bom poder falar abertamente sobre a sua vida, sobre a sua condição de pertencer a outro mundo.

Sam balança a cabeça devagar.

— O pessoalzinho que eu vejo circulando pela cidade parece sempre tão... sei lá, esnobe. Eles sempre tiveram tudo de bandeja; não fazem a menor ideia do quanto as pessoas comuns têm de dar duro ou dos sacrifícios que fazem. Não sei se eu conseguiria conviver no meio de tantos bacanas. — Ele para. — Desculpa, esquece o que eu disse. Não era minha intenção ir tão longe.

— Não, eu entendo o que você quis dizer. Às vezes eu sinto a mesma coisa. Mas eu não gostava de todo mundo da minha antiga escola. Só acho que é minha sina amar somente uns, digamos, dez por cento das pessoas que conheço. — *E, Sam, você está dentro desses dez por cento*, você pensa.

— Nunca pensei sobre isso desse jeito. — Sam abre um sorriso, que faz seu coração ir parar na lua. Você tenta analisar se ele só está sendo simpático ou se tem algo mais. Por um momento, você acha que ele pode estar te olhando *daquele jeito*.

De repente, vocês ouvem alguém bufando e barulho de passos pesados, e em seguida Maureen aparece.

— Fiz uma bobagem no computador e agora ele travou! Será que você poderia me ajudar?

Você se segura para não voar no pescoço dela. Isso que dá ser uma boa companheira de trabalho. Será que ela não se toca que está interrompendo algo? Você dá uma olhada para Sam. Ele está procurando nas prateleiras outra vez. O momento — *se é que existiu* — passou.

— Preciso voltar — você diz com o coração apertado. — Avisa se precisar de alguma coisa. — *Arghhh*. Não era esse o tom que você queria. Você falou igual a uma bibliotecária eficiente, e não como uma garota legalzinha e divertida que Sam pudesse potencialmente convidar para sair.

Será que o seu destino é ficar solteira para sempre? Seu coração fica mais pesado à medida que você segue Maureen. A menos que Sam retorne ao balcão de atendimento para pedir mais livros, você tem certeza absoluta de que nunca mais irá vê-lo novamente. Droga, Maureen! Você entra atrás do balcão pisando duro, e, claro, o computador está travado. Aperta algumas teclas, e na hora ele destrava. Resolvido. Maureen acabou de estragar sua chance com Sam por nada.

— Ops! — ela exclama, com olhos arregalados. Em seguida pega a Coca Zero.

— Você bebe muito isso — você diz, dando vazão à sua raiva. Talvez toda a cafeína tenha começado a derreter as células cerebrais dela. — Você consegue dormir?

— Não me afeta nem um pouco — Maureen responde orgulhosamente. Ela é mesmo uma viciada, mas não consegue evitar. A raiva está passando, e agora você só está... triste. O que é ridículo, fala sério; você acabou de conhecer o Sam. Não faz ideia do tipo de pessoa que ele é. Nem sabe se ele estava interessado em você. O cara deve até ter namorada.

Você cola na cadeira, na esperança de vê-lo quando ele estiver indo embora. Até que sente uma imensa vontade de ir ao banheiro. Quando você volta, Maureen ergue os olhos.

— O cara bonitinho acabou de sair — diz ela.

Claro que sim. Claro que ele já foi!

— Vou colocar os livros de volta — você diz para Maureen, muito triste para ficar sentada no mesmo lugar. Você pega o carrinho e segue em direção às estantes. Um dos livros é de arte, o que a leva de volta à seção onde esteve com Sam. Ao passar pela prateleira de Michelangelo, você vê uma pequena carteira preta caída no chão. Ele deve ter deixado cair sem querer. Seu coração dispara enquanto se aproxima para dar uma olhada. Será que é dele? É sim, a identidade que está dentro tem a foto e o endereço de Sam: Turner Street, 14. Agora você sabe onde encontrá-lo... e tem uma desculpa para vê-lo outra vez.

Você está a fim de...

→ sair correndo atrás do Sam. Já está quase dando seu horário mesmo... e isso é um sinal! Siga para o snapshot #14 (página 72).
OU
→ colocar a carteira na caixa de achados e perdidos. É um pouco agressivo ir atrás dele, por mais que você esteja morrendo de vontade. Siga para o snapshot #15 (página 74).

SNAPSHOT! #8

Sábado, 13 de outubro, 21h15
Bar do Gordon

— Para, Walter. Por favor! — Mas Walter não lhe dá ouvidos e segue em direção ao palco, rumo ao microfone e à humilhação. Ele está bebendo sem parar desde as quatro da tarde, desde que você disse, sem rodeios, que só o vê como um amigo e nada mais. Isso mesmo: você cruzou o oceano Atlântico só para partir o coração do Walter. Você deve ter o coração mais insensível do planeta, ao menos é assim que você se sente, quando vê o Walter virando outra dose de uma bebida marrom antes de pegar o microfone. Claro, você tinha esperanças de que pudesse rolar algo mais entre vocês. Tinha esperança de sentir aquela faísca. Mas assim que avistou o Walter perto da esteira de bagagem, esperando ansiosamente, você sacou duas coisas: que não seria capaz de retribuir os sentimentos dele, e que tinha cometido um grande erro ao vir para Londres.

Aquele sentimento que lhe acometeu quando Sam entrou na biblioteca? Era isso que você esperava sentir com o Walter. Mas por que não rolou? Você adora o Walter. Ele estava lindo como sempre, com seus cachos rebeldes e seus belos olhos azuis, e ele tem sido interessante, atencioso, engraçado e gentil desde que você desembarcou em Heathrow. Talvez tenha sido muita pressão, passar o fim de semana inteiro juntos. Mas pelo jeito a química simplesmente não aconteceu.

— Não dá pra você fazer ele parar? — você implora ao Harry, um dos novos amigos de escola do Walter.

— Nem pensar, gata. — Harry lança um sorriso diabólico e levanta o celular para filmar a apresentação. Você bufa, tentando pegar o telefone, mas ele consegue desviar rapidamente. Você não tinha ido com a cara do Harry, mas foi um alívio quando o Walter contou que ele se encontraria com vocês no bar. Pelo menos teria uma terceira pessoa presente. Você e o Walter tinham passado o dia todo juntos — comeram linguiça com purê de batatas no gastropub preferido dele, passearam pelo Tate Modern, cruzaram a pé a London Bridge. A única coisa que estragou o dia que poderia ter sido perfeito foi a noção de que cedo ou tarde você acabaria partindo o coração dele. No meio do dia, quando vocês estavam cruzando a London Bridge, ele tentou te beijar, mas você deu um fora nele. Brutal.

As primeiras notas de "Loves Hurts", da banda Nazareth, arrebentam no palco. Caraca, vai ser pior do que você imaginou. Você toma um gole de sua bebida e tenta se segurar. Walter manda ver na música, berrando sua dor ao microfone. Vários clientes começam a vaiar, e você reza para um buraco se abrir no assoalho pegajoso e encharcado de cerveja para você sumir ali dentro. A única coisa pior do que esse momento vai ser amanhã de manhã, quando o Walter acordar com uma tremenda ressaca, morrendo de vergonha de tudo que fez.

— Fala pro Walter que eu fui pra casa — você diz ao Harry, que balança a cabeça, sem tirar os olhos do desastre total. Você tem a chave do apartamento do Walter e sabe o endereço de cabeça. Está com um pouco de medo de ir embora sozinha nessa cidade totalmente estranha, mas vai conseguir. Vai ser melhor do que ter que aguentar a próxima cena do seu amigo.

Você já está na metade do quarteirão, à procura de um táxi, quando ouve o Walter gritando seu nome e correndo. Você não vira, mas para de andar. *Por favor, mais um mico, não!*, você implora a si mesma. Você simplesmente não quer mais um para somar à tristeza da manhã seguinte.

— Desculpa estar agindo feito um idiota — diz Walter, enrolando as palavras, com os olhos colados no chão. Você sente pena dele. — É que eu pensei que tudo seria tão diferente. Pensei que você tinha vindo porque gostava de mim. — Seus olhos estão perigosamente vermelhos agora. Ele está contendo as lágrimas. — Pensei em você durante todo o verão. Senti tanta saudade... E isso dói, sabia? Isso dói. — Ele bate no peito.

Você nunca viu o Walter, ou qualquer outro cara, tão arrasado. Para completar, ele está triste desse jeito por sua causa. Em vez de se sentir lisonjeada, você se sente péssima.

— Walter, sinto muito. Quando você ligou, quando pediu que eu viesse te visitar, eu senti alguma coisa. Fiquei superanimada. Mas acho que a animação foi porque eu ia ver o meu melhor amigo. A última coisa que eu queria era magoar você.

Ele esfrega os olhos.

— Eu sei.

Você pousa a mão no braço dele.

— Por favor, não fica com raiva de mim.

— Eu não estou com raiva de você. Eu só... é, você sabe. Não sei se vamos poder continuar sendo amigos.

Você sente um nó no estômago.

— Não fala isso. Você bebeu demais.

— Acho melhor a gente manter uma certa distância — diz ele. — Mesmo depois que eu tiver voltado para a escola.

Você concorda com um aceno de cabeça, sentindo uma onda de pânico crescer por dentro. Perder a amizade do Walter era seu maior medo. Você não devia ter vindo.

— Isso é só em janeiro. Confia em mim, até lá você já superou.

— Não sei. Acho que não.

— Walter, você vai *conseguir*.

— Nem sempre podemos escolher nossos sentimentos. — Ele deixa escapar um sorriso triste. — Desculpa te pedir isso, mas você pode ir sozinha para o aeroporto amanhã? Vou passar a noite na casa do Harry. Odeio te abandonar, mas vai ser mais fácil assim.

Você segura as lágrimas e concorda. Está triste por ter que se separar do Walter, mas, se ficar sem vê-lo pelo resto do seu fim de semana em Londres irá poupá-lo um pouco, então tudo bem.

— Te mando um e-mail assim que chegar ao campus.

— Obrigado. — Walter lhe dá um abraço rápido e desvia o olhar. Em seguida faz sinal para um táxi e insiste em pagar adiantado a corrida. — Volta direitinho, tá? — ele diz, fechando a porta. Então retorna para o bar.

Você volta para casa, sentindo-se sozinha de um jeito que nunca sentiu antes. Você está péssima pelo modo como as coisas terminaram com o Walter. Mas ao mesmo tempo não consegue deixar de notar a beleza fria da cidade ao seu redor. *Estou em Londres*, pensa consigo mesma. Na manhã seguinte, você sai cedinho para explorar um pouco mais a cidade. Tem algo empolgante em andar sozinha pelas ruas de pedra, sentindo-se independente de verdade. O simples prazer de entrar em um café e pedir uma xícara de chá — o sotaque do atendente, a moeda estrangeira em sua mão — a deixa um pouco emocionada.

Quando está no táxi, a caminho do aeroporto, você sonha em viajar para outras cidades e conhecer o mundo. Algo aflorou dentro de você. As lembranças de Walter lançam uma nuvem negra sobre o fim de semana, para não dizer coisa pior, mas o mais importante é que você descobriu como aprecia viajar e como ama sua própria companhia.

FIM

SNAPSHOT! #9

Quarta-feira, 21 de novembro, 19h20
Casa Moynihan

É véspera do Dia de Ação de Graças, e suas colegas de classe estão dando um tempo nos estudos para arrumar as malas. Pelo jeito, todos vão deixar o campus, menos você. Até o refeitório vai fechar. Você fez um estoque de bagels, balas de caramelo e Coca Zero para passar o feriado. E, como não vai ter ninguém por perto, resolveu que vai fugir do banho — por que perder tempo com higiene? Ninguém precisa ficar sabendo que você planeja usar a mesma calça de agasalho e camiseta por quatro dias seguidos.

— Você é muito nerd — diz Annabel enquanto ajeita as alças da mochila sobre os ombros. — É inacreditável o tanto que estuda! Você não tem vontade de tirar uma folguinha?

Ah, sim. Annabel pode tirar uma folguinha. Metade da família dela estudou em Harvard, e a outra, em Radcliffe. Mas, se quiser ter sucesso, você precisa de dedicação total e irrestrita. Como ficar no campus durante o feriado de Ação de Graças em vez de aproveitar um tempo em casa. As bibliotecas vão ficar abertas mesmo que o refeitório não esteja, e você planeja adiantar seu trabalho de história enquanto todos estão fora, relaxando.

— Meus pais adorariam te receber — continua Annabel. — Eles vão oferecer um jantar de Ação de Graças para cinquenta pessoas, e seria legal ter alguém por perto para eu conversar.

Apesar do convite carinhoso, é difícil segurar uma pontinha de irritação. Você já recusou educadamente várias vezes.

— Obrigada, Annabel. Meus pais estão pegando no meu pé para eu ir para casa, mas acho que essa vai ser uma ótima oportunidade para eu adiantar as minhas coisas.

— Você é incrível. Eu jamais conseguiria ser tão focada.

Você não precisa ser, você pensa, brava e com a pontinha de amargura que não para de rondar seus pensamentos. Sua companheira de quarto não tem culpa da vida que você tem — que ir bem na escola significa fazer sacrifícios. Como sempre, ela está sendo uma boa amiga. Ultimamente, tudo tem te deixado irritada. Você dá um abraço de despedida em Annabel. Quando a porta se fecha atrás dela, você sente uma sensação de alívio por estar sozinha. Você passa o resto do dia lendo. Ataca Maquiavel, fazendo anotações furiosamente nas margens. Rousseau em seguida, e depois Locke. Não para nem para comer. Em vez disso, passa a doce e refrigerante.

Durante as doze horas seguintes, você não fala com ninguém. Estuda até altas horas da noite e recomeça assim que acorda. Às onze da manhã, o telefone toca. Você dá um pulo na cadeira com o barulho inesperado — por isso e pelo fato de estar bebendo Coca Zero desde a madrugada.

— Querida?

— Oi, mãe. — Sua voz sai um pouco rouca pela falta de uso, e você limpa a garganta. — E aí? — Dá uma olhada na pilha de livros sobre a escrivaninha. Uma pequena pausa se segue. Você imagina sua mãe sentada à mesa da cozinha, seu pai de frente para ela, os dois loucos para falar com a única filha. Eles aceitaram a sua escolha de ficar na escola, mesmo que isso significasse um feriado com o ninho vazio.

— Feliz Dia de Ação de Graças. Só queríamos saber como estão as coisas, querida. Que horas você vai sair para ir na casa da sua amiga?

— Daqui a uma hora. — Você mentiu, dizendo que jantaria com a família de uma amiga que mora na cidade. Sua mãe jamais suportaria a ideia de você não ter um jantar decente de Dia de Ação de Graças.

— Você vai comprar alguma sobremesa para levar?

— Sim. Torta de abóbora. — As mentiras não param de sair. Aparecer de mãos vazias é outra coisa impensável para a sua mãe.

Seu pai pega o telefone.

— Escuta, a mamãe e eu estivemos pensando. Você tem se esforçado muito na escola este ano. Estamos muito orgulhosos com o seu comprometimento para se sair bem. Mas, sabe, é importante para nós que você também aproveite um pouco a vida.

Sem querer, você sente uma nova onda de irritação. Frustração, na verdade. Por que ninguém entende? Se quiser ir bem na Kings, você terá de estudar noite e dia. Ponto-final. É muito difícil encontrar um equilíbrio quando se tem a impressão de que algum trabalho paira sobre a sua cabeça, como se fosse a lâmina de uma guilhotina. Quando papai estava no ensino médio, o único objetivo era se formar, e não tirar boas notas para ser aceito nas melhores universidades. Mas agora existe um novo tipo de pressão sobre os seus ombros. Você procurou por isso, mas às vezes é muito difícil.

— Você disse que algumas amigas vão dar festas de dezesseis anos — papai continua. — Sei que essas viagens são caras, mas vamos fazer o possível para pagar uma dessas para você. Você gostaria?

Na hora seus olhos se enchem de lágrimas. É muito tocante seus pais lhe fazerem essa oferta; você sabe que dinheiro não é fácil para eles. Eles são incríveis.

— Gente, é muita grana. Eu não preciso ir. Tem um montão de coisas divertidas por aqui que não custam uma fortuna...

— Está tudo bem! — mamãe diz. — Não se preocupe com isso.

— Queremos que você vá, pequena — papai insiste. — Só diz para onde você quer ir que a gente cuida do resto.

Você está a fim de...

→ agradecer aos seus pais, mas não vai viajar. É demais pedir isso a eles, e, além disso, você está com tanta coisa para estudar que não consegue nem imaginar tirar um fim de semana inteiro de folga. Siga para o snapshot #18 (página 84).

OU

→ agradecer o presentão de Dia de Ação de Graças! Vamos lá, uma folga era tudo de que você estava precisando. Agora só falta decidir qual festa vai ser mais divertida. Siga para o snapshot #19 (página 87).

SNAPSHOT ! #10

Sexta-feira, 5 de outubro, 20h15
Restaurante Louie

— Com ou sem gás? — pergunta o garçom.

— Humm, a da casa. Obrigada. — Você dá uma risadinha sem graça para ele.

— Pois não, *madame*.

Você preferia que o Henry tivesse escolhido um lugarzinho mais descontraído para o primeiro encontro de vocês. O Louie é glamoroso, mas você se sente descolocada no único restaurante sofisticado da cidade, diante do maior arranjo de talheres que já viu. Três garfos? Duas colheres? Para que isso, gente?

— Você gosta de *bisque* de lagosta? — pergunta Henry, sem tirar os olhos do cardápio escrito à mão. Dá para perceber que ele também está muito nervoso. Você nunca o viu tão inquieto.

— Não sei. Nunca provei. É bom?

Henry assente com a cabeça.

— Você deveria experimentar.

— Tudo bem, vou seguir seu conselho. Obrigada. — Um silêncio terrível paira sobre a mesa enquanto vocês fingem estar concentrados no cardápio. Cara! Um papinho de três minutos sobre o jantar e a sopa é o único assunto que vocês conseguem puxar? Isso não está indo nada bem. Você e o Henry nunca precisaram se esforçar para arrumar assunto. O problema é que você não faz a menor ideia de como falar com esse Henry. Você sabia como falar com o Henry que era namorado da sua amiga Annabel. Sabia como falar com o Henry, editor-chefe do *Grifo*, sobre os artigos que estava escrevendo ou apenas ideias. Mas no primeiro encontro com *esse* Henry? O Henry de um provável relacionamento amoroso?

Você não faz a menor ideia.

Henry abaixa o cardápio para olhar para você.

— Eles não aceitam cartão aqui — ele diz baixinho. Você respira aliviada como se fosse a primeira vez que ele bateu à sua porta. Você adoraria tomar uma taça de vinho. Ou uma garrafa. Você não costuma beber, mas a situação está beirando à emergência. Esta noite é a sua oportunidade de começar um relacionamento com o cara dos seus sonhos — isso se seu nervosismo não tomar conta e estragar tudo.

Mas não é só isso. Se as coisas não derem certo com o Henry, você terá estragado a sua amizade com a Annabel por nada. Quando você pediu a permissão dela, ela deu de primeira. Sem hesitar. Na verdade, quando o assunto veio à tona, ela praticamente insistiu que você saísse com o ex dela. Mesmo assim, você tem a triste sensação de que as coisas nunca mais serão as mesmas com a sua melhor amiga. Você a decepcionou profundamente ao perguntar se poderia namorar o Henry. Afinal, ela ainda está apaixonada por ele. Mesmo que ela tenha achado o Brooks legal, isso não significa que o que ela sentia pelo Henry tenha acabado de vez. Mas, agora que o estrago já foi feito, o melhor é seguir em frente.

— Tinto ou branco? — Henry pergunta enquanto o garçom se aproxima.

— Branco, por favor — você responde, lembrando como o vinho tinto deixou os dentes da Libby manchados de roxo na festa da escola, no ano passado.

— Vamos beber um Sancerre — diz Henry, aparentando uns dez anos mais velho. O garçom assente e vai embora. — Você está muito linda. Já te falei isso?

Você sorri e agradece. Não é preciso dizer que você pensou um bocado antes de escolher sua roupa. Não lhe pareceu certo pegar algo emprestado da Annabel, dadas às circunstâncias. Com isso você acabou se restringindo ao seu guarda-roupa limitado e resolveu combinar um vestidinho preto gracinha com um blazer creme com gola de smoking. Nada de marca, mas tomara que tenha ficado bom.

Depois que o vinho é servido, você conta mentalmente até cinco antes de tomar um gole — assim o Henry não vai perceber como você está desesperada para beber esta noite. Ele, por outro lado, já tinha secado metade da taça quando você pegou a sua.

— Escolhi o restaurante errado — ele deixa escapar. — O clima desse lugar é muito pesado.

Você nega com um aceno de cabeça, apesar de ele ler seus pensamentos.

— Você está brincando? Eu sempre quis conhecer o Louie.

— Eu só queria que essa noite fosse especial. Acho que pensei muito e exagerei.

Você sente um calor surgindo, e, pela primeira vez, consegue relaxar um pouco. Nunca tinha imaginado que os rapazes pudessem pensar coisas desse tipo. Especialmente um cara como o Henry. Que fofo ele querer impressionar!

— Foi muita gentileza, Henry. Obrigada.

— Sou um cara gentil, o que posso fazer? — Ele ri. — Um cara gentil que não faz a menor ideia do que fazer com tantas colheres. — Ele junta todas e começa a manuseá-las como se fosse caipira.

Você ri, e por um momento se sente um pouco mais confortável.

— Acredite, não dou a mínima para o luxo. Você poderia ter me levado ao Glory Days que eu teria adorado.

— É, já vi você atacando aquelas fritas com queijo. — Ele assobia entre os dentes. — Animal... É igual ver um veadinho indefeso sendo atacado por uma onça.

Agora que ele está rindo às suas custas, você se sente em território conhecido.

— Eu sei. Coisa do Canal Mundo Animal.

E, do nada, os dois estão soltos e relaxados, sentindo-se novamente vocês mesmos quando estão juntos. Você experimenta a *bisque*, que é a melhor coisa que já provou, devora o prato principal, e, quando menos espera, estão voltando para o campus de mãos dadas. É uma linda noite de outono, quente a ponto de dar para tirar o blazer, e então o Henry pousa o braço ao redor da sua cintura e sorri. Parece muito surreal ficar com ele. Há tanto tempo ele é o cara dos seus sonhos, que você nem acredita que é verdade.

— Não consigo parar de rir — diz ele, e dá um beijinho no alto da sua cabeça enquanto vocês continuam andando. — Nunca me senti tão feliz como estou agora.

— Eu também — você murmura, curtindo o momento. *Isso está acontecendo de verdade*, você pensa, e tenta esquecer Annabel.

O beijo acontece tão naturalmente que você nem sabe direito como começou. Vocês estão passando por um poste quando ele para e a puxa delicadamente. Quando se dá conta, você está na ponta dos pés, e vocês estão se beijando. Simples assim. A luz ao redor é dourada, o momento é perfeito, e você sabe que algo muito especial acabou de começar.

↳ O amor está no ar. Siga para o snapshot #37 (página 155).

SNAPSHOT! #11

Sexta-feira, 30 de novembro, 16 horas
Casa Moynihan

— Será que esse suéter está marcando muito? — Annabel enfia a cabeça no seu quarto e em seguida recosta no batente da porta. Ela veste um suéter preto curto com decote V que realça seu corpão.

— Os pais do Brooks também vão? — você pergunta.

— Claro que sim! — Annabel revira os olhos. — A Minnie e o Christopher passam todos os fins de semana com a gente. E, se não são eles, são meus pais.

— Põe uma camisetinha com barra de renda por baixo — você sugere, sem saber ao certo como lidar com a situação.

— Sim, claro. — Annabel puxa o rabo de cavalo, como costuma fazer sempre que está nervosa. — Queria tanto que você fosse... Parece que nunca mais fico no campus. Escolhi a Kings em vez da Exeter por um motivo, mas agora parece que eu vivo lá.

Isso é novidade. Você nunca ouviu a Annabel expressar nada de negativo sobre o relacionamento dela. Pelo contrário, ela adora dizer como é muito mais feliz com o Brooks do que era com o Henry. Mas agora ela parece estar cansada dele.

— Você pode cancelar, Annabel — você sugere. — Talvez seja bom dar um tempo. Tem ido muito para lá.

— Nossa, o Brooks vai pirar se eu cancelar agora. Ele já planejou o fim de semana inteiro. Ele imprime uma programação cada vez que eu vou para lá.

Sério? Isso soa o oposto de divertido.

— Mas você teve uma semana tão agitada, tenho certeza que ele vai entender.

Annabel bufa.

— Você não conhece o Brooks.

O problema é esse. Apesar do fato de ele ter sido como um terceiro companheiro de quarto desde o início do ano letivo, ligando de hora em hora diariamente e mandando presentes para Annabel toda semana, você não o conhece muito bem. Suas conversas com ele são superficiais e educadas.

— Vai ser divertido, e você vai ficar feliz por ter ido. — Você não quer dizer nada de negativo sobre o cara. Não é uma boa fazer isso.

— Divertido? Não. — Annabel se joga na cama e esfrega a nuca com força. — O Brooks é ótimo. Ele é, humm, perfeito. Mas às vezes parece que ele já planejou tudo no meu lugar. E se tento desviar um pouco do que ele quer, do que ele pensa, do que ele gosta, ele emburra ou faz o maior estardalhaço, e então eu cedo. — Ela abraça forte um travesseiro. — Desculpa, estou muito reclamona hoje.

Você não imaginava que ela se sentisse tão controlada pelo namorado.

— Pelo jeito você tem motivos para estar, Annabel.

— Às vezes parece até um casamento arranjado. Meus pais estão superfelizes por eu estar namorando o Brooks. Eles não falam de outra coisa. É até estranho ver os dois tão envolvidos no meu namoro.

— Eles só querem a sua felicidade. — Você sabe que é isso que seus pais querem para você. É por esse motivo que você não vê a hora de passar o fim de semana com eles em casa. Isso faz com que você se sinta centrada e protegida.

— Talvez. — Annabel parece não estar muito convencida. — Acho que preciso respirar um pouco, sabe? Faz muito tempo que não faço nada espontâneo e divertido.

— Acredite, sei o que você quer dizer. — Você esperava que este ano seus sonhos românticos se tornassem realidade, mas, até agora, não chegou nem perto disso. Talvez você esteja com receio de se expor ou não tenha tido sorte mesmo.

— Quer saber de uma coisa? Vamos sair juntas. Você e eu! — Enquanto o rosto de Annabel se ilumina com a ideia, você percebe que não a vê feliz assim há um bom tempo. Você tem estado tão envolvida com seus próprios problemas que nem notou como sua melhor amiga tem andado tristinha. — Sei que o Brooks vai pirar, mas preciso disso. Vamos para algum lugar legal para espairecer a mente.

Algum lugar legal provavelmente significa algum lugar caro.

— Parece divertido, mas...

Annabel nem escuta. Em vez disso, pega um convite do quadro de avisos.

— Já sei! Aspen! Vamos para o aniversário da Morgan! Não é perfeito? Sei que dissemos que não poderíamos ir, mas ela não vai ligar se a gente aparecer! A Morgan é gente fina. Vai ser uma festa irada. Exatamente o que estamos precisando!

— E quanto aos seus planos com o Brooks?

Annabel enrijece.

— Ele vai ter que lidar com isso.

— Parece incrível, mas não sei esquiar. — Uma desculpa. Você não tem coragem de se abrir e dizer que a viagem é muito cara, nem mesmo para Annabel. Por um momento, você inveja como é fácil para sua amiga circular pelo mundo, sem se preocupar com dinheiro.

— Eu te ensino. Só aceita! Não se preocupe com dinheiro, tenho um trilhão de milhas e o hotel é por minha conta. Aceita, aceita!

Você está a fim de...

→ aceitar! Só se vive uma vez, e uma viagem com sua melhor amiga é exatamente o que você está precisando. Siga para o snapshot #20 (página 90).

OU

→ passar. Você odeia ficar se aproveitando da generosidade da Annabel. Isso faz com que você se sinta digna de dó. Além do mais, seus pais estão esperando ansiosamente pela sua visita. Siga para o snapshot #17 (página 80).

SNAPSHOT! #12

Sábado, 8 de junho, 10 horas
Lanchonete Glory Days

— Como você acha que o Harrison vai se sair como editor-chefe? — Walter lhe pergunta enquanto a garçonete serve seu café da manhã, sua última panqueca com banana do segundo ano. A equipe do jornal para o próximo ano acabou de ser anunciada, e você ficou feliz em saber que será a editora de notícias. Você vai aprender muito e tomara que no próximo ano esteja bem cotada para ser a editora-chefe. Enquanto isso, o Harrison vai fazer um bom trabalho. Ele não tem o mesmo carisma e a inteligência do Henry, mas, para você, ninguém tem. O Henry é único. O Harrison tem uma missão árdua pela frente, mas você tem certeza de que ele vai dar conta do recado.

Você está na lanchonete com a Spider, a Libby e o Walter. O Henry está tomando café da manhã com seus pais e colegas antes da cerimônia de formatura. Você mal acredita que ele está se formando hoje, e isso lhe causa um nó na garganta. Os dois têm fingido que não é nada de mais — milhares de casais conseguem segurar as pontas a distância, não é mesmo? —, mas você está começando a ficar triste de verdade. Graças ao Henry, o ano foi muito divertido. Vocês se tornaram inseparáveis, iguais àqueles casais que terminam as falas um do outro.

Por conta disso, você passou bem menos tempo com seus amigos, especialmente com a Annabel. Namorar o ex dela marcou muito a amizade de vocês, e no ano que vem ela vai morar com a Libby e você com a Spider. Vocês nunca falaram sobre isso — não tem nada que a Annabel odeie mais do que confrontos, por isso ela sempre prefere fingir que está tudo bem —, mas sem dúvida o fato de você estar namorando o Henry mudou as coisas com ela para sempre. Como isso pode ter sido uma decisão ruim? A vida é cheia de escolhas.

— Vocês se deram conta de que o namorado de vocês vai estar na universidade no ano que vem? — Libby faz a pergunta para você e Annabel, muito impressionada com a própria descoberta. Brooks foi aceito em Harvard, o que não foi nenhuma surpresa, e pelo jeito ele e Annabel estão firmes. Não que ela fosse lhe contar se eles têm algum problema. — Você e o Henry já discutiram como vai ser?

— Na verdade, não. Acho que estamos deixando rolar — você responde para Libby. Você odeia a ideia de não ter o Henry por perto... é como se estivesse perdendo uma parte do corpo. Assim como não tem a menor noção de como vai ser quando ele estiver na Universidade de Columbia. Mas nenhum de vocês é de fazer muitos planos. Até agora só planejaram o que vão fazer no verão: você vai passar algumas semanas em Cape com a família do Henry, e ele vai te visitar em Hope Falls nos fins de semana. Ele já esteve na sua casa e adorou a cidade e o seu pessoal. Foi surpreendentemente fácil enturmá-lo com a sua família. Você terá de fazer suas escolhas à medida que elas forem surgindo e torcer para que tudo dê certo.

— Um brinde ao segundo ano! — diz Spider, erguendo o copo de suco de laranja. Você brinda com ela. Até agora esse foi o seu melhor ano.

FIM

SNAPSHOT! #13

Sexta-feira, 12 de outubro, 18h26
Aeroporto de Heathrow

— Boa sorte, querida! — diz a mulher do assento 35F enquanto você entra na fila para sair do avião. Você sorri e agradece, um pouco sem graça por conta da sua falação descontrolada durante o voo. Nervosa porque estava com medo de voar, nervosa porque ia se encontrar com o Walter, você precisou desesperadamente falar com alguém e a pobre sra. 35F foi obrigada a ouvir.

Leva uma eternidade para você sair do avião, e a cada minuto você sente o bagel sem gosto que comeu no café da manhã revirando em seu estômago. Será que foi um erro? O que vai acontecer quando você vir o Walter parado perto da esteira de bagagem? Será que vai correr para os braços dele, como nos filmes românticos? Será que isso pode ser o começo de um novo relacionamento entre você e seu melhor amigo? Sua cabeça está cheia de perguntas, e você nunca esteve tão em dúvida quanto às respostas. Quando o Walter a convidou para ir visitá-lo, vocês dois sabiam o que estava em jogo. E agora, bem ou mal, você vai decidir o futuro da relação de vocês.

— Obrigada por voar conosco — diz a comissária de bordo enquanto você deixa o avião. Você assente, sem forças para responder. Seu coração está martelando dentro do peito. Com certeza você nunca fez nada tão romântico ou impulsivo em toda a vida. Pegar um avião para a Europa para ver se sente algo pelo Walter? Não foi exatamente isso que você disse para os seus pais, que concordaram em emprestar o dinheiro para a passagem até que você possa pagar com o salário que vai receber com o emprego que arrumou na biblioteca. Eles adoram o Walter, por isso é claro que não fizeram nenhuma objeção quanto ao fato de você passar o fim de semana com ele. Eles ficaram muito felizes com a oportunidade de você viajar para o exterior, algo que eles mesmos nunca fizeram. Você pegou seu primeiro passaporte, colocou suas melhores roupas na mala e cruzou os dedos para que estivesse fazendo a coisa certa.

Assim que saiu do avião, você entrou na fila do banheiro feminino para se arrumar um pouco. Enquanto olhava sua imagem sob a iluminação fosforescente, você tratou de se dar uma injeção de ânimo antes de ir para a esteira de bagagem. *Respira*, disse a si mesma enquanto a escada rolante descia rumo à área das esteiras. *É o Walter. Não importa o que aconteça, tudo vai ficar bem.*

Certo?

Você vê o Walter de imediato. Ele está segurando um buquê de copos-de-leite, sua flor favorita, e sorri de orelha a orelha.

↳ Será que sua viagem para Londres vai ser o começo de um grande romance ou o fim de uma amizade? Para descobrir, siga para o snapshot #8 (página 51).

SNAPSHOT! #14

Quarta-feira, 26 de setembro, 21h30
Turner Street, 14

Apesar de já ter passado em frente à casa do Sam várias vezes — ela fica no caminho da escola para a Pizzaria Moreno, sua última mania —, você nunca tinha notado antes. Por que deveria? A Turner Street é igual a tantas outras ruas da cidade, um quarteirão cheio de casinhas geminadas. Algumas estão bem conservadas. Outras têm placa de "vende-se" na varanda da frente. Outras são cheias de sininhos de vento, guirlandas na porta e enfeites de jardim. E tem outras escuras e frias sem nenhum sinal de vida. Você é obrigada a admitir que nunca pensou muito sobre nenhuma daquelas casas ou sobre as pessoas que nelas habitam. O comentário que Sam fez na biblioteca, sobre a cegueira e a indiferença dos alunos da Kings, sobre como vivem as pessoas comuns, passa pela sua cabeça. Será que você também ficou assim?

Você fica feliz ao ver o número catorze, uma casinha amarela com vasinhos de flores na varanda. Ela é mais aconchegante que as outras, e mais convidativa. Ou talvez seja apenas porque você sabe que é a dele. As luzes estão acesas, mas as cortinas estão fechadas e você não consegue ver nada do lado de dentro. Curiosa, atravessa a rua para chegar mais perto. Um carro passa e você quase se esconde atrás de alguns arbustos. O que você está fazendo? Não é do seu estilo se atirar em cima de um cara. Por que então cruzou a cidade para entregar uma carteira perdida?

Boa pergunta.

Talvez fosse melhor repensar o plano. Mas, por outro lado, você não se sente assim tão empolgada por um carinha desde Henry Dearborn, no ano passado — e você teve de ignorar essa paixão, porque na época ele estava namorando sério a Annabel. Mas com o Sam não tem nada nem ninguém para impedir você de entrar em ação. Isso é ao mesmo tempo divertido e assustador. Você quer ir em frente, mas não quer se expor e ir com muita sede ao pote.

Você está a fim de...

→ tocar a campainha. Quem não arrisca não petisca... e, além do mais, ele precisa da carteira de volta. Siga para o snapshot #28 (página 126).

OU

→ ir embora. Aparecer na porta da casa dele vai dar na cara que você está a fim. Siga para o snapshot #29 (página 132).

SNAPSHOT ! #15

Quarta-feira, 26 de setembro, 23 horas
Casa Moynihan

— Ele era tão fofo — você suspira ao contar para Annabel, estirando-se no sofá da sala —, mas acho que nunca mais vou vê-lo.

— Nunca se sabe! — A chaleira apita e Annabel cruza a sala para tirá-la do fogãozinho elétrico clandestino. — Ele disse que costuma vir sempre... Quem sabe você não tem uma segunda chance.

Bem que você gostaria de ser tão otimista.

— Às vezes eu imagino *se um dia* vou ter um namorado. Parece que as coisas com os garotos não dão muito certo para mim.

— É que você nunca gostou de ninguém de verdade. Esse é o problema.

Você não diz nada. É claro que a Annabel não faz a menor ideia de que no ano passado você sofreu por causa de uma paixonite pelo Henry, que na época era namorado dela. A sua melhor amiga não sabe como você é azarada no amor.

O telefone toca, e Annabel atende. As duas acham que só pode ser o Brooks, porque ele liga pelo menos umas dez vezes por dia e às vezes tarde da noite também. Você tenta não se irritar com isso — só porque está solteira não quer dizer que precise invejar o namorado apaixonado da sua melhor amiga.

— Walter! — diz Annabel ao telefone, e seu rosto se ilumina com um sorriso. — Não são quatro da manhã em Londres?

— Pausa para ouvir, e então ela começa a rir. — Espera um pouquinho, vou passar para ela. — Ela cobre o bocal do telefone com uma mão enquanto passa a ligação. — É para você. Pelo jeito nosso velho amigo está tendo uma baita noitada em Londres.

Você pega o fone.

— Alô?

— Vem me visitar! — diz Walter como se estivesse dizendo olá. — Você precisa vir. Vou te mostrar Londres inteira! A melhor cidade do mundo!

Você segura uma risada.

— Walter, você bebeu?

Ele cai na risada.

— Estou com saudade! Você vai amar Londres. — Você escuta outras risadas ao fundo e imagina se ele está numa festa ou num pub. — As pessoas aqui são incríveis. Você precisa conhecer os meus amigos. Sério, você vai amar esse pessoal!

Você ouve uns barulhos abafados e então uma voz com sotaque britânico carregado entra na linha.

— É melhor você vir visitar esse pobre coitado! Ele não para de falar de você!

O Walter não para de falar de você? Então você é tomada por uma onda de agitação nervosa.

Mais alguns barulhinhos abafados enquanto Walter briga para arrancar o telefone da mão do amigo.

— Diz que você vem. Por favor? Estou me divertindo tanto, mas seria ainda melhor se você estivesse aqui comigo.

De repente o papo mudou. No ano passado, você achou que o Walter gostava de você. Não aconteceu nada — você não tinha certeza se sentia a mesma coisa —, mas desde aquela época rolou um certo clima entre vocês. Essa é a primeira vez que ele fala tão diretamente sobre seus sentimentos.

— Obrigada, Walter — finalmente você responde. — Eu gostaria muito, mas...

— Só fala que você vem. Não vou ficar muito tempo aqui, e eu adoraria desfilar com você. Quer dizer, andar com você pra todo lado. Eu adoraria te mostrar a cidade inteira. — As palavras dele saem atrapalhadas, mas você sabe que ele está sendo sincero. O Walter é um fofo mesmo. Talvez fosse legal tentar e ver o que rola. Essa poderia ser a sua chance de ter um relacionamento com alguém que gosta de você de verdade. Você tem um pouco de dinheiro guardado, e seus pais poderiam completar — você pagaria tudo em um ou dois meses. É claro que se viajar para Londres você não vai poder ir a nenhuma das festas de dezesseis anos. Mas um fim de semana em Londres seria incrível — e quem sabe o que pode rolar depois?

Você está a fim de...

→ ir nessa. Você sempre quis conhecer a Europa, e quer desculpa melhor do que ir visitar seu amigo? Além do mais, talvez role um romance na sequência. Siga para o snapshot #13 (página 70).

OU

→ dizer ao Walter que você vai ter que esperar até janeiro para vê-lo. É muita pressão ficar com ele em Londres — e se você sentir que só rola uma amizade e ele ficar decepcionado com isso? A situação pode ficar esquisita. Siga para o snapshot #11 (página 64).

SNAPSHOT! #16

Sexta-feira, 9 de novembro, 17h45
Casa Moynihan

Seu coração palpita enquanto você sobe os degraus de dois em dois. Sua calça preta preferida está mais larga, e parece que você está flutuando em vez de subir com os pés no chão.

Annabel está ocupada fazendo as malas. Este ano parece que ela não faz outra coisa além de arrumar as malas — namorar a distância faz com que ela viaje o tempo todo. Vocês têm ficado tão pouco juntas que você até conseguiu esconder que tem tomado Adderall.

— Vai passar o fim de semana em Exeter? — você pergunta enquanto despeja os livros sobre a escrivaninha. Em seguida tira o casaco e joga na direção do mancebo.

Annabel olha de um jeito engraçado enquanto empilha as roupas em cima da cama.

— Sim. E você, tem planos? Quer vir comigo?

Você nega com um aceno de cabeça e aponta para a escrivaninha. Só para variar, tem um encontro marcado com sua lição de casa. Você tomou um Adderall no banheiro depois da última aula, para estar pronta para mandar ver assim que saísse pela porta. Para ser sincera, neste momento você não está nem um pouco a fim de perder tempo conversando com sua colega de quarto. O remédio está fazendo efeito e sua concentração está aumentando. Está na hora de trabalhar. Você sabe que tem tomado muito o comprimidinho, mas o médico da Libby continua mandando, e o estresse da escola não dá sinais de abrandar. Outro dia, outro comprimido. Os dias passam voando, um borrão cinza de trabalho e aulas. Às vezes você se acaba na academia. E tenta se lembrar de comer três vezes ao dia, mas tem emagrecido cada vez mais. Você simplesmente não sente fome. Mas o que importa é que suas notas estão ótimas. As melhores da classe, com certeza. Você adora imaginar as consequências disso no seu futuro. Ninguém na sua família foi para a universidade, muito menos para as melhores do país.

— Você está bem? — pergunta Annabel. — Parece um pouco agitada. Você não está mais tomando...

— Estou bem! — você corta o assunto. — Eu só estava pensando. — Annabel pegou no seu pé no mês passado quando a flagrou tomando um comprimido e exigiu que você parasse assim que a caixinha acabasse. Você concordou. Mas então *mademoiselle* Fradette passou um trabalho de francês, matéria que nunca foi seu forte, de dez páginas, e você se viu forçada a pedir mais para o médico.

— Tudo bem — diz Annabel, recuando. Então inclina a cabeça e olha para você novamente, mais atenta dessa vez. — Sabe, você está diferente do ano passado. Não era tão estressada assim.

Assim como não tirava só dez, você pensa, e sente uma raiva esquisita fervilhar por dentro. Às vezes parece que a Annabel quer que você se contente com uma nota medíocre em vez de ser a melhor da classe. Como se só tivesse lugar para uma menina de ouro, para uma superstar, que é ela. Mas você não diz nada. O lado racional do seu cérebro reconhece que não existem motivos para explodir por causa da observação de Annabel. Além do mais, você *mudou*. A verdade é que não se sente como antes desde que pisou no campus este ano. O Adderall não foi o causador do problema, talvez o tenha apenas intensificado.

— O segundo ano é sufocante — você diz. Isso é indiscutível. Basta dar uma volta pelo campus para ver a cara de cansaço dos seus amigos. Eles simplesmente não descobriram as suas pílulas mágicas.

— Talvez você esteja precisando de uma válvula de escape ou algo assim — sugere Annabel. — Quem sabe hóquei...

— Você tem razão. Vou pensar a respeito. — Você descobriu que o jeito mais rápido de acabar com conversas como essa é concordar. Tudo o que você quer é que a Annabel vá embora. Você está precisando ficar sozinha. Seu coração está acelerado. Você dá uma olhada na pilha de roupas dela, desejando que já estivesse tudo dentro da mala. Vá, vá, vá. Seu coração bate forte, forte, forte. Você tomou o comprimido por um motivo, para estudar, e agora *não está estudando*. Gotículas de suor brotam acima das suas sobrancelhas. Seu coração palpita. Vá! Você dá as costas para Annabel para esconder o rosto.

— Tudo bem, nos vemos no domingo então. — Você ouve Annabel pegando a mochila e andando em direção à porta. Você acena, sem dar as costas para a escrivaninha.

↳ Siga para o snapshot #39 (página 165).

SNAPSHOT! #17

Sexta-feira, 14 de dezembro, 5h33
Rio Mohasset

— Potência dez até a passarela! — grita a timoneira, e você sente o barco erguendo um pouco da água enquanto suas companheiras remadoras afundam os remos com um pouco mais de força. É isso mesmo, suas *companheiras remadoras*. Como é que você foi acabar ali, remando rio abaixo em um barquinho, na madrugada escura? Boa pergunta.

Tudo começou duas semanas atrás, quando você recusou o convite da Annabel para ir a Aspen e foi para a casa dos seus pais, em Hope Falls — uma visitinha rápida que mudou toda a sua estratégia para aguentar o estresse do segundo ano. Seus pais têm um modo de fazer com que você se sinta focada e pronta para enfrentar o mundo. Durante o jantar de sábado, você contou que o estresse da escola havia se tornado sufocante. Foi um alívio ter se aberto. Primeiro, eles disseram que têm orgulho de você, independentemente do seu boletim no final do semestre. E então papai, um ávido corredor, comentou que um esporte poderia ajudar a atenuar um pouco o peso sobre os seus ombros. Na mesma hora a equipe de remo lhe veio à cabeça. Você sempre achou o esporte bonito e intrigante, mas desanimava por causa dos horários madrugadores dos treinos. Depois de falar com os seus pais, você resolveu experimentar.

E até agora, está adorando. Acha até que encontrou o seu esporte. Todo o lance de mergulhar o remo, soltá-lo dentro d'água e empurrar para trás com força total se tornou natural, e a treinadora Mackey percebeu isso. Na verdade, ontem, depois que vocês guardaram o barco e o restante do pessoal foi para o chuveiro, ela pediu para que você ficasse.

— Você é a minha próxima aposta — disse ela, referindo-se à posição de primeiro remador, aquele que vai à frente do barco, ditando o passo e o ritmo da equipe. — Vou te colocar na equipe peso leve, se trabalhar duro. — É claro que você ficou animadíssima. Afinal, você adora a tranquilidade e o desafio do remo, e a prática realmente faz com que se esqueça da escola. O sacrifício de acordar de madrugada compensa assim que você pisa na casa de barcos enquanto o restante do campus ainda está escuro e calmo. É surpreendentemente divertido fazer parte de um time, sentir que você pertence a um grupo da Academia Kings, em vez de se sentir como um peixe fora d'água.

A timoneira grita mais alguns comandos, ajudando vocês a entrar em sincronia. Seus remos cortam a água ao mesmo tempo, no ângulo certo, e todos se movem juntos para impulsionar o barco pela água fria e escura. A timoneira — uma menina miúda do primeiro ano com um par de pulmões poderosos — usa uma lanterna presa ao redor da cabeça, igual a um minerador de carvão.

Após terminarem um treino particularmente cansativo, vocês descansam e bebem um pouco d'água. Então você sente um cutucão nas costas. Ao virar, depara com Ângela, sua companheira de equipe, que se tornou sua amiga mais chegada no esporte.

— E aí? — você pergunta.

— Queria te falar que você está indo muito bem — diz ela, entre um gole e outro de água. — Ninguém diria que acabou de começar. É impressionante.

Você se rende ao elogio e agradece. É legal ter uma nova amiga fora do seu círculo de amizades. Ângela é uma atleta dedicada e foi uma surpresa descobrir como também é incrivelmente gentil. Tem sido divertido conhecê-la melhor e sair um pouco da sua zona de conforto.

As horas passam rápido. Depois do treino, você e suas companheiras de equipe tiram o barco da água e o carregam sobre os ombros até o galpão, onde ele vai ficar guardadinho até a manhã seguinte. Depois sobem a escada para o vestiário.

A treinadora Mackey a chama antes de você entrar no chuveiro.

— Ah, esqueci de perguntar quanto você pesa — diz ela casualmente, sem tirar os olhos da prancheta.

Você puxa a toalha um pouco mais perto do corpo.

— Não sei direito. Acho que sessenta e um quilos. — Para dizer a verdade, você nem lembra a última vez que subiu em uma balança. Você não é do tipo obcecada pelo peso, assim como todos que já a viram pedir uma porção de fritas com queijo podem confirmar. Quando a calça jeans aperta, você tenta segurar a boca um pouco, mas é só isso.

— Não vai ser fácil chegar no peso certo — comenta a treinadora. — Pelo jeito você não tem muita coisa para perder. Converse com as outras garotas sobre como elas conseguiram perder alguns quilos. Elas podem te dar algumas dicas.

— Chegar no peso certo? — Você não faz a menor ideia sobre o que ela está falando.

A treinadora parece surpresa.

— Remadores da categoria peso leve têm de pesar menos de sessenta quilos. Você terá que se pesar todo sábado e nos dias de corrida, e, se não estiver no peso certo, não poderá competir. O que significa que terá de ser substituída no último minuto ou toda a sua equipe ficará fora da competição. Ninguém te falou isso?

Não, ninguém me disse nada sobre isso.

— Não precisa ficar nervosa — acrescentou a treinadora. — Não é nada de mais. Você só vai precisar ficar de olho no que costuma comer.

Um regime? *Errr.* Não gostei. Além de ser estranho o fato de a treinadora precisar monitorar seu peso toda semana. De repente, você se pergunta se a prática de um esporte coletivo é a melhor opção para o seu caso.

— Nossa próxima corrida será daqui a duas semanas; portanto, você terá tempo suficiente para baixar dos sessenta quilos. — A treinadora se levanta e segue em direção à porta. — A menos, é claro, que você não queira se comprometer com isso. Se for o caso, agora é o momento certo de me dizer, e não daqui a duas semanas, quando toda a equipe estiver contando com você.

Você está a fim de...

→ ficar na equipe. Uma dietazinha não vai doer tanto assim. Siga para o snapshot #43 (página 175).

OU

→ cair fora. Por mais que tenha gostado de aprender a remar, você não está a fim de encarar a balança uma vez por semana. Siga para o snapshot #44 (página 178).

SNAPSHOT ! #18

Quinta-feira, 20 de dezembro, 18h13
Casa Moynihan

Você está sentada diante de uma comprida mesa retangular, coberta por pilhas de livros que não param de crescer. Quando olha ao redor, você nota pilhas espalhadas por todos os lados, impedindo-a de andar ou se mover pelo quarto abarrotado. Os livros balançam, instáveis, e você sabe que basta um movimento em falso para que todos despenquem sobre a sua cabeça, esmagando-a com o peso. De repente, seu nariz começa a coçar...

— Acorda, querida! Acorda! — É seu pai, chacoalhando-a delicadamente pelos ombros. A imagem do rosto dele entra em foco lentamente, e você percebe que as sobrancelhas de seu pai estão contraídas. Ele está parado ao lado da sua cama, e sua mãe está logo atrás.

— Oi — você diz num murmúrio, pois sua língua parece grossa dentro da boca.

— Graças a Deus que a Annabel ligou — diz sua mãe, envolvendo-a em um abraço. Você tenta se sentar, mas é como se a gravidade cutucasse seu peito com um dedo ossudo. — Ajude-a a levantar, Jim.

Ao longo das duas últimas semanas, você foi se sentindo cada vez pior, num nível de exaustão nunca antes experimentado. Annabel insistiu que você fosse ao pronto-socorro duas semanas atrás, mas você disse que estava bem, que só precisava superar o sufoco das provas finais. Sabe-se lá como conseguiu, mas, ontem à tarde, quando o fiscal de prova disse que estava na hora de colocar os lápis na mesa, você quase escorregou da cadeira de tanto cansaço. Depois disso se arrastou até o alojamento, se jogou na cama e não se mexeu até agora.

Seus pais desceram dois andares com você no colo e a levaram até o estacionamento, onde a perua deles esperava para levar você para casa. Você nem se importou se outros alunos te viram. Eles estavam reunidos em grupinhos e abriram espaço para seus pais passarem, olhando, embasbacados, para seu corpo exaurido.

— Deve ser mononucleose — diz sua mãe, ajudando seu pai a te colocar no banco de trás.

— Espero que não seja nada pior. — Você ouve seu pai dizendo, depois de fechar a porta. — Vou ligar para o dr. Woods e ver se ele pode dar uma passadinha lá em casa, hoje à noite. Ela precisa de cuidados imediatamente.

Você mal consegue falar — sua garganta parece inchada, e você está muito cansada. É assustador, como se seu corpo tivesse te abandonado. *Chega de passar as noites em claro, estudando. De almoçar e jantar porcaria com Coca Zero. Chega de estresse*, seu corpo lhe diz, e tudo que lhe resta fazer é ouvir.

Encolhidinha embaixo do seu edredom, você escuta seus pais sussurrando no banco da frente enquanto vocês seguem pela escuridão afora. Você deriva entre o sonho e a realidade.

— Ela vai ficar longe da escola por uns tempos. — Você ouve sua mãe. — Vou telefonar para o diretor Fredericks amanhã e ver o que isso pode acarretar.

— Não sei se ela deveria voltar — comenta seu pai. — Olha o que a escola fez com ela, Nancy. Aquilo é uma panela de pressão. Será que ela precisa disso?

Minha mãe não responde. O carro segue em silêncio. Você fecha os olhos e cai em sono profundo novamente.

↳ Siga para o snapshot #47 (página 186).

SNAPSHOT! #19

Sexta-feira, 30 de novembro, 15h45
Casa Moynihan

— Sua ligação não pôde ser completada — diz Annabel, se atirando no sofá com forro de seda e folheando a última edição da *Vogue*. Finalmente, ela não vai passar o fim de semana com o Brooks, então vocês podem conversar à vontade. — Sabe, acho que a festa da Libby vai ser top. Ela tem seus defeitos, mas sabe se divertir. E seria ótimo tomar um sol.

Você olha pela janela. O céu está encoberto e cinzento, do mesmo jeito que tem estado há três dias, e faz aquele tipo de frio que penetra nos ossos, independentemente do número de blusas que você põe. Você está cansada de ficar com os lábios arroxeados, as mãos geladas e a pele seca. Credo. Quatro dias em Palm Beach é a dose de sol dos seus sonhos. E com uma festa ainda por cima. Além do mais, o valor da viagem é acessível. A passagem de avião não é tão cara, e a Libby convidou você e outros amigos para se hospedarem na casa dos pais dela.

Ou tem a viagem para o Kentucky. A Spider é uma das suas melhores amigas, e você a adora, assim como adoraria visitar a cidade dela. O baile no celeiro que ela está planejando pelo jeito vai ser simples e divertido... para ser sincera, muito mais o seu estilo que a ostentação da Libby. Você sabe que iria se divertir. Mas o custo não vai ser baixo — a casa da família dela vai ficar lotada de primos de fora, por isso você vai ter que ficar em um hotel, além de arcar com as despesas da passagem aérea.

— Eu gostaria de poder ir com você na festa da Spider — diz Annabel, esticando as pernas no sofá. A festa da Spider caiu no mesmo fim de semana da reunião anual da família Lake, um evento ao qual, segundo o que a Annabel te falou, ela não pode faltar. Ela participa desse encontro desde os doze anos. — Eu preferiria ir na festa da Spider do que na da Libby. Mas não conta para ela que eu falei isso. — A Annabel também não vai poder ir à festa da Libby, para a tristeza da própria Libby, pois vai ter de comparecer ao jantar de aniversário de sua tia-avó, em Roma. A Annabel sempre disse que gostaria de pertencer a uma família unida como a sua. Os pais dela raramente telefonam para saber como ela está, e até a irmã mais velha a trata com certa formalidade. E mesmo assim sua melhor amiga tem uma *porção* de compromissos familiares, muito mais do que você. Ser um Lake é uma função, mesmo quando se é jovem.

— Qual das duas você acha que vai escolher? — pergunta Annabel, arrancando uma página da revista de moda. Depois ela vai guardar em uma pasta verde na escrivaninha dela, para montar uma coleção de looks e então enviar para uma estilista de Nova York, que vai montar um guarda-roupa e mandar entregar na escola.

Kentucky ou Palm Beach? Caubóis ou sol? Spider ou Libby? Qual das duas opções?

Você está a fim de...

→ desenterrar seu biquíni e comprar uma passagem de avião para Palm Beach. Siga para o snapshot #26 (página 119).

OU

→ dizer à Spider que você está prontinha para a superfesta dela... Kentucky, aí vamos nós! Siga para o snapshot #22 (página 103).

SNAPSHOT! #20

Sábado, 1 de dezembro, 20 horas
Red Mountain, Aspen

— Minha mãe anda numa pegada minimalista, atualmente — diz Morgan, apontando com as unhas bem-feitas para a imensa sala de estar branca, com uma vista de tirar o fôlego para a montanha Aspen. Alta, voluptuosa e com uma risada descontrolada, nada em Morgan LePage é minimalista — tirando seu vestido, um tubinho prata do tamanho de um selo postal. — O último marido dela era grego. — Ela para e apanha um cigarro ultrafino de uma caixinha de prata, mostrando habilidade ao acendê-lo. A garota é mesmo incrível. Ela age como se fosse uns dez anos mais velha. — Bebidas? O que vocês vão beber, meninas?

Você olha confusa para Annabel. Não esperava por essa. Você acabou de entrar na casa da Morgan e se deparou com uma mesa incrível de comida, um exército de garçons e barmen, e a casa mais magnífica que já viu. Os outros convidados devem estar quase chegando, e, a julgar pelos preparativos, vem um batalhão. E mesmo assim Morgan parece completamente relaxada, como se nada de extraordinário estivesse acontecendo esta noite.

— Champanhe? — diz Annabel.

Você limpa a garganta.

— Seria ótimo.

— Três, por favor — pede Morgan ao garçom, que está grudado nela.

Uma pausa breve e desconfortável se segue, antes de Morgan inclinar o corpo para a frente e sussurrar:

— Estou esperando meus pais saírem. Eles vão passar a noite na casa de uns amigos para ficarmos mais à vontade. — Você e Annabel respondem com um sorriso, pensando que seria melhor se os pais dela permanecessem em casa. Você gosta da Morgan. Apesar de não terem passado muito tempo juntas durante o semestre, ela sempre foi legal. Mesmo assim, você não se sente muito segura ao lado dela. Dá a impressão de que a experiência de vida que ela tem não se compara nem de longe com a sua. Annabel vem de um planeta totalmente diferente, mas, assim como você, ela é muito inocente e protegida. A Morgan foi criada por lobos.

— Quem mais vem? — pergunta Annabel, agradecendo ao garçom pela taça de champanhe.

— Ah, todo mundo. — Morgan ergue uma sobrancelha. — A minha mãe costuma ser muito crítica em relação às minhas amizades. Por isso falei para o pessoal vir depois que ela já tiver saído. Tirando vocês e mais um pessoalzinho da escola, porque ela acha que qualquer um que estuda na Kings é perfeito.

O celular da Annabel apita outra vez. Ela arregala os olhos, incrédula e irritada.

— O Brooks fica enviando mensagens de três em três minutos. Ele sabe onde estou. Será que ele espera que eu fique sentada num canto, grudada no telefone? — Aparentemente irritada, ela desliga o celular e o guarda na bolsa.

— Tinha um cara que não parava de me perseguir — comenta Morgan, o que não surpreende ninguém.

— O Brooks não fica me perseguindo — diz Annabel. Em seguida ergue os olhos. A sra. LePage começa a descer a escada, vestida dos pés à cabeça de marfim, incluindo um suéter de cashmere com punhos brancos de pele de marta. Seu rosto parece moldado para parecer sempre surpreso, e, quando chega mais perto, você percebe que a mulher já fez várias plásticas. Ela não parece notar a presença das três; em vez de olhar para vocês, ela vira e chama o marido.

— Greyson! Estamos atrasados, querido. Os Gustav estão nos esperando!

Morgan revira os olhos e dá uma tragada no cigarro.

— Morgan, isso vai lhe dar rugas. — A sra. LePage termina de descer os degraus e retira delicadamente o cigarro encaixado entre os dedos da filha. Então dá uma tragada antes de esmagá-lo em um cinzeiro próximo. — É um prazer conhecê-las, meninas. A Morgan falou muito sobre vocês. Foi muita gentileza virem até aqui para comemorar o aniversário dela. Ela precisa ter mais amigas da mesma idade. — Então sorri, expondo duas fileiras de dentes perfeitamente brancos e retos.

Você lembra da história do caso que a Morgan teve com um banqueiro de investimentos casado que tinha o dobro da idade dela? Adivinha quem vai aparecer assim que a sra. LePage sair? Será que você vai querer estar ali quando ele chegar?

Um idoso com um lenço de seda no pescoço surge no topo da escada e começa a descer lentamente, segurando firme no corrimão. Ele tem uns oitenta anos, fácil. A princípio você acha que deve ser o avô da Morgan, até que ele finalmente se aproxima da mãe dela e lhe dá um beliscão no traseiro de um jeito nada paternal. Caraca! Você sente um arrepio, e, para seu horror, a Morgan percebe.

— Eu sei — ela sussurra num tom conspiratório, enrugando o nariz. — Precisa ver os dois na hidromassagem. — O padrasto geriátrico da Morgan mal cumprimenta vocês, e os adultos saem rapidamente. Assim que a porta se fecha, Morgan bate palmas, pega o celular e começa a disparar feito doida mensagens de "a barra está limpa", para uma multidão de amigos.

Uma hora depois, a casa está lotada e se transforma naquele tipo de festa que só se vê em filmes. Barulhenta, muito louca e totalmente livre. Você reconhece algumas poucas pessoas da Kings, definitivamente minoria na lista de convidados. As garotas são um pouco mais velhas, os homens, muito, muito mais velhos, e todo mundo é bonito e bem-vestido. Um DJ se materializa em um canto da sala; um bloco de gelo em formato de cachoeira toma conta da imensa ilha da cozinha, e os convidados fazem fila para tomar um gole de vodca. Você olha para Annabel, que parece igualmente deslocada e assustada.

— Isso aqui está uma loucura — diz ela enquanto vocês abrem caminho até o banheiro. Uma menina vestindo a parte de cima de um biquíni, um colete de pele e botas de cano alto passa tropeçando. — Onde ela achou essa gente?

Você vê a Morgan preparando tequila com uns caras em um canto.

— Acho que essa *é* galera dela! — A porta do banheiro se abre e vocês entram apressadas. — A grande pergunta é: Por que ela convidou a gente?

— Pra gente servir de cobertura pra *mamifófis* e pro *avodrasto*.

Você segura uma risada.

— Acho que você está certa.

— O que vamos fazer?

— Não faço ideia! Vamos curtir? O DJ parece bom.

Annabel sorri.

— Vamos ficar juntas.

Mesmo em uma festa cheia de desconhecidos, você consegue se divertir de montão com sua melhor amiga. Annabel parece ela mesma outra vez, arrasando na pista de dança, sem dar bola para os caras, que não param de olhar para ela. Desde que terminou com Henry Dearborn no ano passado, ela não parece tão solta e feliz, e você sente um grande alívio de ver que ela está voltando a ser ela mesma... apesar de ter contado com a ajuda de várias doses.

— Estou superfeliz de termos vindo! — ela grita, por causa do volume da música.

— Eu também! — você berra de volta.

Morgan encontra vocês duas pirando na pista e sorri.

— Pensei que vocês já tivessem caído fora — diz ela, claramente impressionada por vocês ainda estarem ali. — Nunca imaginei que alguém da Kings fosse curtir tanto assim!

Você nunca conheceu alguém como a Morgan, mas tem algo nela que você acha simpático.

Mas então a diversão é interrompida.

— Annabel! — Brooks está parado diante de você, com as mãos nos quadris, parecendo um pai que acabou de apanhar a filha que não voltou para casa no horário combinado. Você fica surpresa ao vê-lo, e sua melhor amiga também.

— O que você está fazendo aqui, Brooks? — O rosto de Annabel perde a cor assim que ela vê o namorado. — Eu te falei que eu precisava de um fim de semana longe...

— Eu quis fazer uma surpresa, mas seu telefone ficou sem sinal e eu fiquei preocupado. Você não costuma sair com esse pessoal — ele diz a última parte num sussurro, mas você tem certeza de que a Morgan ouviu, pois ela solta uma bufada e se afasta. Annabel fica vermelha.

— Não preciso de você para me resgatar de uma festa — ela retruca, indo em direção à porta. Você segue no rastro.

— Onde você vai? — ele pergunta, seguindo-a feito um louco.

— Preciso de um pouco de espaço. Me deixa respirar, Brooks! — Ela pega a bolsa e sai correndo. Quando quer, a garota sabe *correr*. Você abre caminho entre os convidados e vai atrás da Annabel até a entrada da casa, onde por acaso tem um táxi deixando alguns convidados. Vocês duas entram no assento de trás e dizem para o motorista acelerar. Seu coração está na garganta. Isso é simplesmente inacreditável — você nunca imaginou que um dia fosse precisar de um carro para escapar do namorado da sua amiga. Mas é muito louco ele ter aparecido do nada. E assustador também. Brooks sai na cola de vocês aos berros enquanto vocês dão no pé.

— O que aconteceu? — você pergunta, segurando no encosto do assento da frente enquanto o motorista faz uma curva.

— Pra onde as meninas querem ir? — pergunta o motorista, conduzindo vocês pela noite escura. De repente, você sente a cabeça girando por causa do champanhe que bebeu na casa da Morgan.

Annabel diz para o motorista o nome do hotel e apoia o rosto nas mãos.

— Não acredito que ele apareceu — diz mais para si mesma. Então enfia a mão na bolsa, liga o telefone e o entrega a você. — Hoje ele ligou quarenta vezes, só para bisbilhotar. Bisbilhotar o quê? Ele me sufoca!

Isso é para lá de sufocante, beira o assustador. Enquanto você passa as mensagens dele, fica claro que o Brooks é obcecado em saber onde a Annabel está e o que ela está fazendo. Isso te dá arrepio. Na escola, algumas vezes você teve a impressão de que ele telefonava muito para o alojamento, mas achou que a insistência era um sinal de que ele era louco pela sua amiga. Agora você questiona se o cara é simplesmente maluco mesmo, e ponto. Havia algo ligeiramente perigoso nos olhos dele, lá na festa.

Você chega ao hotel, coloca algumas notas na mão do motorista e se apressa para dentro. Só vai se sentir segura quando estiver dentro do quarto que está dividindo com Annabel, e com a porta trancada. Ela parece sentir a mesma coisa. Annabel sobe a escada correndo, sem perder tempo com o elevador. As duas entram, apressadas, e trancam a porta em seguida. Com as mãos trêmulas, ela pega uma garrafinha de uísque do frigobar e serve uma dose para cada uma. Você senta na cama para recuperar o fôlego.

— Talvez a gente tenha exagerado — diz ela após alguns minutos de silêncio. — Afinal, é o Brooks. Não sei por que surtei daquele jeito. Ele não conseguia falar comigo e ficou assustado. Não sei por que estou tratando o Brooks como se ele fosse um psicopata.

Essa não é a sua linha de raciocínio, mas você a deixa falar.

— Ele é meu namorado, não um maluco que está me seguindo. Estamos falando do Brooks! Do Brooks Cavanaugh! O pai dele é político. Nossos pais se conhecem há um século. A gente se conhece desde que eu era bebê. — Ela solta uma risada nervosa e em seguida toma um gole. E mais um. — Tudo bem, vou ligar para ele.

Mas, antes que ela o faça, alguém esmurra a porta. Você fica apavorada.

— Abre a porta, Annabel — diz Brooks. Seu tom de voz é baixo, mas muito ameaçador. Annabel olha para você com os olhos arregalados, assustada e sem saber o que fazer.

— Brooks, fica calmo — pede ela, aproximando-se da porta, onde recosta, com uma mão sobre a fechadura. Ela está trêmula.

— Não me peça para ter calma. — Seu tom de voz ainda é baixo, controlado. Você meio que preferia que ele estivesse gritando. — Nunca fui tão humilhado em toda a minha vida. Como você *ousou* correr daquele jeito?

— Desculpa — diz ela, com lágrimas escorrendo pelo rosto. Essa não. Você nunca viu a Annabel tão descontrolada assim.

— Abre essa porta — ordena Brooks.

— Não abre — você deixa escapar, instintivamente. Por outro lado, você não quer que ele fique ainda mais bravo.

— O que foi que ela disse?

— Brooks...

— Diz pra essa vadiazinha cuidar da vida dela.

Você fica sem ar. Isso não pode estar acontecendo de verdade. Parece que você caiu de cabeça em um daqueles seriados de terror. O namorado que parece perfeito, mas que na verdade é um maluco psicopata. Você não vai deixar que ele entre. Essa não é uma decisão só da Annabel — é sua também. Com muito esforço, você consegue recuperar a voz.

— Brooks, ou você vai embora agora ou vou chamar a polícia.

Silêncio no corredor.

— Fica fria — diz Brooks finalmente. — Annabel, depois a gente conversa. — E esmurra a porta antes de ir embora.

Annabel está sentada no chão agora, com as pernas dobradas contra o peito.

— Obrigada — ela agradece. — Obrigada. Isso foi assustador.

— Ele já agiu assim antes?

— Não nesse extremo! Mas ele é controlador. Sei que ele é assim.

— Você precisa terminar esse namoro. — Ponto-final. Não passa outra coisa pela sua cabeça. Não há nenhuma possibilidade de as coisas darem certo com alguém assim.

— Eu sei. — Annabel vai até o frigobar novamente e bebe direto da garrafa desta vez, sem nem se dar ao trabalho de pegar o copo. — Mas não é tão simples assim.

Você não vai aceitar essa desculpa esfarrapada de alguém de quem gosta tanto. Não vai mesmo.

— Se você não terminar tudo com o Brooks, juro que nunca mais falo com você. Ele é perigoso, Annabel.

Ela suspira.

— Você não conhece a minha mãe. Ela vai ouvir a história e ficar brava por eu ter tratado o Brooks mal. Ela vai dizer que foi muito *gracinha* da parte dele ter cruzado o país para me fazer uma surpresa em uma festa. A grande desculpa dela vai ser que ele está levando o nosso namoro a sério, o que vai deixá-la muito feliz. — Annabel se atira de bruços na cama e enterra o rosto no travesseiro. Ela permanece nessa posição por um momento, antes de levantar a cabeça. — Meus pais não são iguais aos seus. Eles só querem que eu entre no esquema, que frequente a escola certa e arrume um bom casamento. O importante para eles são as aparências, e não a felicidade. Olha só o casamento deles... — Ela hesita, deixando uma lacuna em aberto. — Acredite, não tem nada que minha mãe queira mais do que ver a filha agarrar um Cavanaugh.

Você sente nojo.

— Quem se importa com o que ela quer? A vida é sua. Você sabe o que te faz feliz.

Annabel olha para você com os olhos manchados de rímel.

— Você faz tudo parecer tão fácil...

— Você sabe o que é bom pra você, Annabel. Ninguém te conhece tanto quanto você pra saber o que quer. Se seus pais não entendem isso, o problema é deles.

Annabel assente.

— Talvez você esteja certa.

— Aquele cara é totalmente maluco.

Ela consegue rir.

— Está certa novamente.

De repente, você se sente supercansada. A noite foi bizarra, começando pela festa da Morgan.

— Você é uma amiga de verdade, sabia? — Os olhos da Annabel estão cheios de gratidão. — Tenho muita sorte de ter você como amiga.

— Não foi nada. — Você está feliz por ter vindo. Não dá para dizer que foi exatamente divertido, ou que foi o descanso de que você precisava, mas uma missão importante foi cumprida. Annabel precisou de você. Precisou de alguém para apoiá-la esta noite. E se você não estivesse junto? Será que ela teria deixado o Brooks entrar no quarto? Terminar o namoro não vai ser fácil para ela. Romper com o Brooks significa deixar de lado a prioridade dos pais e escolher o que é melhor para ela. Assim que seus olhos se fecham, você lembra da Annabel na pista de dança, superfeliz e descontraída. Você quer sua velha amiga de volta — pelo bem dela.

FIM

SNAPSHOT! #21

Sexta-feira, 28 de setembro, 20h45
Pizzaria Moreno

— Não lembro dele — Sam diz para você, debruçado na toalha xadrez vermelha e branca da Pizzaria Moreno. Vocês já devoraram uma pizza grande de muçarela enquanto discutiam sobre os times preferidos de cada um (ainda bem que os dois torcem para o Red Sox e o Patriots), sobre seus prazeres mais pecaminosos (os seus, assistir ao *The Bachelor* e ler revistas de fofoca; os dele, jogar GTA e de vez em quando ouvir Taylor Swift). E agora vocês estão falando sobre coisas sérias.

— Sei que isso pode soar estranho — continua Sam —, mas nunca senti falta de um pai. Meus tios sempre estavam por perto para me levar para os jogos e coisas do tipo. E minha mãe sempre fez de tudo. Ela nunca me pareceu triste ou deprimida porque ele não estava por perto, por isso acho que simplesmente segui o exemplo dela.

Ele está certo — soa estranho mesmo, pois você não consegue imaginar como seria diferente sua vida sem seu pai.

— Você tem contato com ele? — você pergunta, como se conhecesse o Sam há muito tempo. Você é você mesma quando está com ele. Mas, ao mesmo tempo, não para de imaginar como seria beijá-lo.

— Não. Nenhum tipo de contato. Ele foi embora quando eu era bebê e desde então nunca mais tive notícias. A única coisa ruim foi que a minha mãe teve que trabalhar duro. Ela sempre trabalhou na Kings, desde que eu nasci, e faz faxina em algumas casas. Mal posso esperar para ter condições de dar uma vida mais tranquila para ela. — Ele toma um gole da sua root beer e coloca a garrafa sobre a mesa com um leve baque. — Desculpa por te aborrecer com o drama da família Morales. Não costumo falar muito sobre isso. É engraçado, mas sinto que posso falar sobre qualquer coisa com você.

Sam insiste em pagar a conta, e em seguida vocês voltam andando para o campus. A noite está linda, apesar de fria, e você treme um pouco dentro do casaco fino e da calça jeans. Na hora, Sam tira a jaqueta de couro e a coloca sobre os seus ombros. A jaqueta ainda está quentinha por causa do calor do corpo dele e o cheiro é muito bom, muito bom mesmo. Sua vontade é não devolver a jaqueta nunca mais.

— Eu me diverti muito — você diz quando se aproximam do pátio central. — Mais uma vez obrigada, Sam. — Muitas coisas passam pela sua cabeça agora. Um belo beijo de boa-noite? Um beijinho no rosto? Nenhum dos dois? Você nunca desejou tanto que um garoto gostasse de você.

— Eu também — ele diz, sorrindo de um jeito que parece que você definitivamente vai ganhar aquele beijo. — Sabe, preciso te confessar uma coisa. Eu deixei a minha carteira na biblioteca de propósito. Meu plano era ficar indo lá até te encontrar, para te perguntar onde ficam os achados e perdidos. Admito que foi um plano bem fraquinho.

— Você está falando sério? — É inacreditável. Então o Sam também estava a fim de mim desde o começo? — Não acredito que você esqueceu sua carteira de propósito! Isso foi muito romântico, Sam.

— O que posso dizer? Eu gostei de você. Mas então você apareceu na minha casa e...

Você ri.

— Eu também gostei de você.

Sam para de andar e me puxa para seus braços. Vocês se encaixam perfeitamente.

— Pelo jeito gostou mesmo — ele diz com uma risada. E então a beija, e você se derrete toda. Você achou que sabia qual a sensação de se apaixonar. No ano passado, não conseguiu parar de pensar em Henry Dearborn. Mas isso é diferente. É melhor.

↳ **Siga para o snapshot #53 (página 202).**

SNAPSHOT! #22

Sábado, 9 de fevereiro, 21h56
Fazenda da Spider, Kentucky

— Aguenta aí, menina! — o tio da Spider, Albert, grita para você. — Falta menos de um minuto pra você bater o recorde!

Você mal consegue respirar de tanto rir, muito menos segurar as rédeas. O touro mecânico sacode em todas as direções, fazendo de tudo para te derrubar do lombo. Você tenta desesperadamente se segurar, mas uma guinada inesperada a arremessa sobre o colchão vermelho macio. Mesmo depois de ter caído de cara, você não consegue parar de rir. Nem lembra quando foi a última vez que se divertiu tanto.

A festa da Spider está incrível. Os pais dela transformaram um antigo celeiro da fazenda em um salão de baile. Em vez de um jantar convencional, garçons passam servindo as comidinhas preferidas da Spider, que variam de mini-hambúrgueres a sanduíches de lagosta e casquinhas de sorvete com cobertura de chocolate. Uma delícia. Todos os convidados ganharam um lenço vermelho para amarrar no pescoço, e as botas e o chapéu de caubói que a Annabel lhe emprestou combinaram direitinho. Tem uma banda country tocando em um canto — inspirando alguns a fazer aquelas coreografias em fila —, e o touro mecânico está bombando a noite toda. De longe, é a melhor festa que você já foi. A Spider também está se divertindo muito. O namorado dela,

Dexter, está hospedado na casa da família da Spider, e os dois não pararam de dançar desde o começo da noite.

Enquanto se arrasta pelo colchão, você vê um par de botas parado à sua frente. Seus olhos sobem pela calça Levi's desbotada, passa pela camisa rancheira e se detêm no rosto lindo de morrer do cara que veste tudo isso. Você tenta ficar de pé e se recompor.

— Bela cavalgada — diz o caubói bonitão. O cara deixa o Brad Pitt no chinelo. E parece um pouco mais velho. — Você está acostumada?

Seu rosto está ficando vermelho, mas você tenta agir naturalmente.

— Não deu pra perceber? — você brinca. — Sou uma frequentadora assídua de rodeios.

O caubói bonitão ri.

— Você é amiga da Spider daquela escola metida que ela frequenta?

— Como você adivinhou? Eu pareço metida caindo daquele touro?

O caubói balança a cabeça e sorri.

— Os amigos da Spider da Kings são os únicos que eu não conheço. Meu nome é Hudson, sou primo dela. Ela já deve ter falado de mim. — Ele diz isso num tom que é meio de afirmação e pergunta ao mesmo tempo. Quando seu rosto mostra que você nunca ouviu falar dele, ele prossegue: — Moro aqui perto. Toco a fazenda da família desde que meu pai ficou doente.

— Sinto muito pelo seu pai...

A Spider surge do nada e a tira da conversa. Você fica surpresa com o modo brusco como ela te puxa para o canto, longe dos ouvidos do primo.

— Não perca tempo com o meu primo Hudson. Confia em mim, o cara é encrenca.

Hudson caminha em direção ao bar, parecendo aborrecido. Ele é de longe o cara mais bonito que você já viu. E ouvir que ele é encrenca não o deixou menos atraente.

— Ele parece...

— O Brad Pitt, eu sei. Promete pra mim!

Quando o pai da Spider pega o microfone, um barulho ensurdecedor ecoa por todo o salão.

— Eu gostaria de dizer algumas palavras sobre a minha querida filha, Rebecca. — Todo mundo cai na risada com a menção do seu nome verdadeiro. Spider larga do meu braço e bufa. — Desculpa, querida, você pode até usar esse seu apelido de aranha, mas para mim você vai ser sempre a linda Rebecca. — Spider corre até o pai e lhe dá um beijo no rosto. Você sempre achou que a Spider vinha de uma família unida, e uma das melhores coisas desse fim de semana foi ver como eles se amam. Quer dizer, todos menos a Spider e o Hudson.

Como se fosse um metal atraído por um ímã, seus olhos encontram o Hudson do outro lado do salão. Ele também está olhando em sua direção, e você desvia o olhar assim que seus olhares se encontram. Caraca! Bastou um olhar do cara para você quase desmaiar. Por que será que a Spider o odeia tanto? Ela pareceu falar muito sério quando avisou que era melhor ficar longe dele. De qualquer maneira, não importa mesmo — você mal conhece o Hudson, e até parece que vai rolar alguma coisa e você vai se atirar em cima dele só porque ele é digno de um outdoor na Times Square.

Para se distrair, você se junta à Lila e à Tommy na pista de dança, e vocês três se acabam de rir enquanto tentam acertar a coreografia. As horas passam rápido.

— Última música — anuncia o cantor. — Quero ver todo mundo dançando! — Após gritos e assobios, a pista de dança fica cheia com todos os amigos e familiares da Spider. Até a avó dela cai na farra. Você demora um pouco para pegar o ritmo, mas agora já se movimenta rapidamente com os outros, se divertindo como nunca. E assim vai passando de parceiro em parceiro, e, quando se dá conta, está de mãos dadas com o Hudson.

— Finalmente — diz ele, com sua voz rouca e sexy. *Ai, meu Deus*. Não é possível evitar agora que ele está tão perto que dá até para sentir seu cheiro rústico de caubói. Os meninos da Kings não têm esse cheiro. Os alertas voam da sua cabeça, e seus joelhos estão bambos, literalmente. E, para completar, você tem certeza de que ele está ouvindo seu coração bater mais alto que a música.

— Percebi que, se quisesse falar com você de novo, eu teria que dançar — continua Hudson. — Você não parou nem um pouquinho.

Não tem como não se empolgar com o interesse de Hudson.

— Em New Hampshire não temos muitas oportunidades de dançar country — você responde. *Só estou sendo simpática*, pensa.

— Coitadinha — diz Hudson, te fazendo girar. É muito bom dançar com ele, que realmente sabe o que está fazendo. Seus pés conseguem acompanhar direitinho. Sua vontade é que a música não termine nunca. — O que você vai fazer depois? — ele sussurra em seu ouvido.

Você recua. Não está acostumada com rapazes tão atirados.

— Vou voltar para o hotel. Junto com as minhas amigas. — E aponta na direção de Lila e Tommy, que erguem as sobrancelhas e fazem sinais indiscretos de positivo.

Hudson ri.

— Você gosta de cavalos?

Você assente. Faz alguns anos que não monta, mas você cresceu cavalgando na fazenda dos seus avós.

— Posso te levar para dar uma volta a cavalo? Não vai demorar. A essa hora a noite fica linda com a lua cheia. Você não pode visitar o Kentucky e ir embora sem fazer um passeio a cavalo.

Um passeio a cavalo à luz do luar com o Hudson parece a coisa mais romântica do mundo. Você está morrendo de vontade de ir. Mas o aviso da Spider não para de martelar na sua cabeça.

Você está a fim de...

→ ir em frente. Só se vive uma vez. Você não vai fugir com o Hudson — vocês só vão dar uma volta a cavalo. Nada de mais. Siga para o snapshot #23 (página 108).

OU

→ seguir o conselho da Spider e manter distância. Você já tem idade suficiente para saber que as aparências às vezes enganam — e, fala sério, o que você sabe sobre o Hudson além do fato de ele ser um sonho? A Spider sempre quis o melhor para você. Siga para o snapshot #27 (página 123).

SNAPSHOT! #23

Domingo, 10 de fevereiro, 8h34
Casa do Hudson, Kentucky

Na manhã seguinte, quando acorda na imensa cama branca do Hudson, você leva um tempo para lembrar onde está. Então tudo vem à tona. A festa. Você saindo com o Hudson às escondidas, antes que a Spider notasse. O passeio incrível, com a luz do luar penetrando entre os galhos das árvores enquanto você trotava um pouco atrás do Hudson, em uma égua castanha. Vocês não conversaram muito, em parte porque dava pena quebrar o silêncio, em parte, você é obrigada a admitir, porque não sabia o que falar. Logo ficou claro que o Hudson era um homem de poucas palavras, e as respostas às suas perguntas eram sempre sucintas. Assim como ele também não era de perguntar muito. Até aí, tudo bem. Você não tinha nenhuma ilusão de que isso não passaria de uma aventura.

E foi a aventura perfeita. Você e o Hudson foram para a encantadora casa de fazenda dele e tiveram a ficada mais incrível de todas. Nem nos seus sonhos mais selvagens você tinha se imaginado beijando alguém tão lindo como o Hudson. Ele foi um cavalheiro, também. Quando você deixou claro que não iria mais longe do que aquilo, ele te colocou na cama e foi dormir no sofá. Com o que a Spider estava tão preocupada, você não faz a menor ideia.

— Café? — Hudson enfia o rosto no quarto. Os cabelos dele ainda estão úmidos do banho e ele parece pronto para encarar o dia. Continua lindo à luz da manhã. Você senta rapidamente e puxa os lençóis sobre o corpo, quando se lembra de repente dos cabelos bagunçados e da maquiagem borrada no rosto.

— Eu adoraria — você responde. — Vou levantar. Espera só um pouquinho...

— Por mim tudo bem se quiser tomar café na cama. — Ele lhe entrega a xícara, que você aceita, agradecida. — Que horas é o seu voo? Dá tempo de tomar um café mais caprichado? Faço uma omelete muito boa.

Que fofo. Outra vez você tenta imaginar o que a Spider tem de tão contra o primo dela. O Hudson não parece ser encrenca nem de longe. Você explica que gostaria muito de poder ficar mais, mas que seu voo sai dentro de poucas horas e você precisa voltar para a casa da Spider. A ideia do que poderia acontecer se pudesse passar mais alguns dias no Kentucky e conhecer melhor o Hudson passa pela sua cabeça. Será que acabaria rolando algo de verdade entre vocês? A Spider invade seus pensamentos de novo e a curiosidade só aumenta.

— Hudson, posso te fazer uma pergunta?

— Claro. — Ele toma um gole de café, ainda recostado ao batente da porta.

— Você e a Spider são muito ligados?

Ele a encara.

— Nós éramos.

— Não são mais? Por quê?

— É melhor você perguntar para ela — ele responde secamente antes de sair. Você se arrepende de ter tocado em um assunto tão delicado. Depois de engolir o café e vestir a roupa da noite anterior, você vai até a cozinha à procura de Hudson. Ele pega a chave e vocês seguem para a caminhonete dele. No mínimo, um homem de poucas palavras. Você imagina se ele é sempre tão calado assim ou se a pergunta sobre a Spider tem alguma coisa a ver com isso.

— Obrigada pela noite maravilhosa — você diz em frente à casa da Spider, sentindo uma onda de desconforto. Será que cabe um beijo de despedida? Você opta por um beijinho no rosto antes de descer da caminhonete. (Além de segurar a vontade de voltar e tirar uma selfie com ele, para dar uma pinta e mostrar para o pessoal quando voltar para o campus, mas acaba achando que é muita babaquice.)

Quando a Spider abre a porta, o Hudson já foi embora. De repente, você fica sem graça de olhar para a Spider, e ainda mais para os pais dela. Não aconteceu quase nada entre você e o Hudson, mas não é isso que parece.

— Eu te falei pra ficar longe dele — a Spider diz, praticamente puxando você para dentro. — E em vez disso você vai pra casa dele?

Você sobe a escada até o quarto dela, para conversar com mais privacidade.

— O que você tem contra ele? — você pergunta. — Ele me pareceu um cara legal. Não é de falar muito, mas é legal.

Spider balança a cabeça.

— Lembra no ano passado, quando eu contei sobre o Tony, aquele garoto da minha antiga escola que levou uma surra por ser gay? Bom, o Hudson foi um dos caras que fez aquilo.

Você se lembra da história.

— Você está brincando... — Suas pernas fraquejam e você se larga no banco aos pés da cama. — Claro que eu me lembro dessa história. O Tony era seu amigo. Não acredito que o *Hudson*...

— É, eu também não consegui acreditar quando fiquei sabendo. Mas é verdade. Ele nem nega mais.

Isso te dá nojo. Você simplesmente acabou de passar a noite beijando um cara que foi capaz de fazer algo tão horrível?

— Ele foi preso?

— Não, o Tony não prestou queixa. Graças a Deus ele não ficou muito machucado, mas foi uma experiência terrível. Nunca mais vou falar com o meu primo. Meus pais o convidaram sem a minha permissão. Eles também detestaram o que ele fez, mas afirmam que ele mudou.

— Spider, eu devia ter te escutado. Sinto muito. — Não há mais nada de atraente no Hudson agora, e você estremece só de lembrar da noite passada. — Foi mal eu não ter levado o seu conselho mais a sério.

— Por acaso, eu não quero sempre o melhor pra você? — Spider pergunta, num tom carinhoso. — Da próxima vez confia em mim, tudo bem?

Vou confiar. A festa incrível, o fim de semana divertido, tudo ficou manchado pela lembrança repulsiva de ter ido para casa com o Hudson. A mão que tocou carinhosamente seu queixo para um beijo gostoso de boa-noite foi a mesma que feriu o amigo da Spider no ano passado. Você fica enjoada só de pensar nisso. O que está feito está feito... mas, daqui em diante, você vai seguir os conselhos da sua amiga.

FIM

SNAPSHOT! #24

Quarta-feira, 31 de outubro, 18h15
Casa dos Lewis

— Doces ou travessuras! — grita Parker, correndo pela sala em uma fantasia de pirata que você ajudou a improvisar. Ele tem um papagaio sobre o ombro, uma perna enrolada com papel marrom para parecer perna de pau e, claro que não poderia faltar, o tapa-olho. É seu último dia como babá, e você vai sair com ele pela vizinhança para pedir doces. Foi um convite inesperado. O Paul vai junto, é claro, com duas câmeras para registrar o Parker em ação, mas a Brenda ficou presa em uma reunião. Você sente pena em noites como esta, mas entende que ela está fazendo sacrifícios pela família.

— Vamos, Parker! — diz Paul, animadíssimo. — Temos muitas casas pra visitar!

Você pediu demissão há duas semanas, para a tristeza dos Lewis. Isso lhe deu uma chance de ajudar o Paul e a Brenda a selecionar as candidatas para a sua função. Você está feliz com a pessoa que eles contrataram — ela mora na cidade com o marido, os filhos já são crescidos, e ela tem um dom natural para educar que você tem certeza de que o Parker vai amar. A decisão de pedir demissão parece ter sido a coisa certa a fazer, por vários motivos. Principalmente, porque rolava algo meio confuso com o Paul que precisava ser cortado pela raiz. A Libby exagerou um pouco, mas, sinceramente, você não podia negar que não se sentia atraída pelo Paul ou que não sentiu um clima de paquera com o seu patrão casado.

Além disso, você também começou a achar que trabalhar naquele momento não tinha sido a escolha certa. Isso lhe consumia muitas horas por semana, e você precisou deixar outros interesses em segundo plano. Você explicou isso para o Paul e para a Brenda. O jornal, por exemplo, você conseguiu entregar dois ou três artigos, no máximo, desde que as aulas começaram. Agora você vai poder escrever mais. E também já conseguiu juntar dinheiro suficiente para bancar uma viagem, que era seu objetivo desde o começo.

Parker corre até uma casa amarela e toca a campainha.

— Olá, amigão! — diz a mulher, ao abrir a porta com uma cesta cheia de doces na mão. O sol está se pondo, refletindo um brilho maravilhoso.

— Doces ou travessuras! — berra Parker. O garoto está nas nuvens. Mas só lembra de dizer "obrigado" depois que o doce é jogado dentro da sacolinha.

— Vamos sentir saudade de você — diz Paul enquanto vocês caminham até a próxima casa.

— Eu também. Posso aparecer para brincar com o Parker de vez em quando?

— É bom mesmo — diz Paul, com um sorriso caloroso.

À noite, quando volta para o alojamento, você é tomada por uma sensação de tristeza, ciente de que de agora em diante não vai ver o Parker e o Paul com a mesma frequência. Você vai sentir saudade de cobrir o Parker à noite e de sentir o calor do corpinho dele aconchegado ao seu enquanto lia historinhas para ele. Vai sentir saudade do modo como o Paul a tratava, valorizando a sua opinião sobre tudo, desde o melhor sorvete da cidade até como ensinar o Parker a dividir seus carrinhos com um amigo. Mas você vai continuar mantendo contato e indo visitá-lo de vez em quando. Esta noite foi um até breve, não um adeus.

Você abre a porta no mesmo instante em que Annabel está de saída. Ela está fantasiada de Judy Jetson, de minivestido prateado e rabo de cavalo.

— Você chegou! Vem pedir doces comigo! — ela berra. — Vamos numa turma pedir doces na rua dos professores. Vai ser divertido. Espera aí, tenho um montão de fantasias para você escolher. — Ela a puxa para dentro, e minutos depois você está fantasiada de hippie, com uma calça boca de sino e uma bata psicodélica. A Annabel tem até sandálias plataforma para completar o visual. Obviamente.

Enquanto bate de casa em casa com seus amigos, enchendo a fronha do travesseiro de doces, você tem a sensação de ter se livrado de um peso. É gostoso se sentir criança novamente, em vez de babá. Você está exatamente onde deveria estar.

↳ E tem também uma viagem divertida pela frente.
Vá para o snapshot #19 (página 87).

SNAPSHOT! #25

Quinta-feira, 19 de outubro, 16h15
Livraria da Traça

Você está espremida ao lado do Parker, sentado entre você e Paul, ouvindo o brilhante Eugene McAfee falar sobre o romance que vem escrevendo há dez anos. Ele não fala apenas sobre o livro e como conduziu o complexo enredo, mas também sobre sua jornada como escritor. É fascinante, e você está feliz por ter vindo. Dá para ver que o Paul está muito empolgado também, anotando enlouquecidamente em um bloquinho de capa preta. E o Parker parece entender que é preciso manter um silêncio respeitoso. Ele está quietinho na cadeira, nem se mexe — uma alma sábia e madura, se é que já existiu alguma. Você procura o pirulito que trouxe e entrega ao garoto. Ele merece.

Quando a palestra termina, você ajuda o Parker a vestir o casaco enquanto Paul se aproxima de McAfee para fazer algumas perguntas. Você está começando a perceber como escrever é importante para o Paul. Seu rosto se ilumina sempre que ele fala sobre isso, e mais de uma vez comentou, meio envergonhado, sobre o "manuscrito que está juntando pó em cima da escrivaninha". Se é bom ou não, o Paul parece muito mais animado em falar sobre aquele manuscrito empoeirado do que sobre suas campanhas publicitárias.

Vocês três voltam a pé para casa — é um dia típico de outono, com folhas de cores vibrantes contrastando com o céu azul. Paul parece exalar energia.

— Dez anos — ele não para de repetir. Parker segue de mãos dadas com vocês, e ergue as perninhas para se balançar. — Dez anos sem saber se ia dar em alguma coisa. Isso que é dedicação!

— É incrível. E ainda não está pronto!

— Não sei se eu seria capaz de fazer isso. — Paul chuta algumas folhas com o bico do sapato. — Bom, acho que essa é uma das muitas coisas que me diferenciam de Eugene McAfee. O talento é outra.

— Aposto que você está sendo muito rigoroso consigo mesmo. O manuscrito... por acaso já tentou fazer algo com ele? Já tentou publicar?

— Já, eu o enviei para um cara que conheci na faculdade que virou agente literário. Ele disse que não costumava representar ficção, o que tenho certeza de que foi o código para dizer que meu texto não passa de uma grande...

— Só um agente? — você o interrompe antes de ele dizer um palavrão que o Parker poderia adotar. — As pessoas não costumam tentar um montão?

— Sei lá. Naquela época foi complicado... o Parker tinha acabado de nascer, a Brenda tinha acabado de abrir o escritório. Acho que simplesmente pareceu um sonho tão impossível que nem insisti muito.

— Posso ler?

Paul parece surpreso.

— Sério? Você quer mesmo?

— Claro! Eu adoraria. — Você está interessada de verdade. — Sobre o que é?

Paul dispara, fazendo um resumo enquanto vocês seguem pisando nas folhas. O sol está se pondo, lançando uma luz dourada e suave sobre a rua. Parker continua gritando:

— Um, dois, três!

Ergue as perninhas, então balança pendurado nas mãos de vocês. Você também está se divertindo muito. É legal ouvir o Paul falando sobre o seu manuscrito. É uma honra ele compartilhar comigo algo tão importante.

Há um senhor na varanda de uma casa, tomando o ar da tarde.

— Que linda família! Tão jovens! — ele declara quando vocês passam. Paul parece não ter escutado o comentário, mas você sim. Antes não tivesse. Seu rosto fica vermelho. Vocês não são uma linda família. Você é babá, Paul é casado e Parker não é seu filho. E você precisa se lembrar disso.

— Estou muito feliz de você ter entrado na nossa vida — diz Paul quando você para perto de um poste. — Temos muita sorte de termos te encontrado.

O que ele disse é lindo, e você deveria se sentir lisonjeada. Mas, enquanto está parada ali ao lado dele e do seu filho esperando o sol se pôr, você percebe com um golpe certeiro que está gostando daquele cara. Se você fosse mais velha, ele, mais novo, e, o mais importante, se ele fosse solteiro... Sua mente se apega a essas bobagens, tentando construir um futuro romântico com Paul, em um mundo paralelo. Mas esse mundo definitivamente não existe. Sua mente sabe disso, mas seu coração queria que as coisas fossem diferentes.

— E o melhor de tudo é que você está só no segundo ano — ele diz, interrompendo seus pensamentos. Então ri enquanto Parker se balança novamente. — Espero que a gente consiga te convencer a ficar mais tempo.

Você não tem certeza se é uma boa ideia.

Esta noite, você coloca o Parker para dormir, sai do quarto na ponta dos pés e encontra Paul esperando no corredor. Ele parece prestes a dizer algo, mas não diz.

— Obrigada pelo dia — você completa, outra vez incomodada. — Nos vemos a semana que vem.

Quando você passa, Paul se aproxima e toca seu braço. Você olha para a mão e para a aliança dourada no dedo dele, ciente de que agora a paquera não é fruto da sua imaginação. Paul chega um pouco mais perto e está prestes a te beijar.

E então ele faz exatamente isso.

Você está a fim de...

→ pedir demissão. Chega. Você está brincando com fogo, e está mais do que claro o que é preciso fazer. Siga para o snapshot #40 (página 168).

OU

→ retribuir o beijo. Ele é o casado da história, você não. Além do mais, é impossível resistir. Siga para o snapshot #38 (página 158).

SNAPSHOT! #26

Sábado, 15 de dezembro, 19h45
Tênis Clube e Balneário, Palm Beach

Sozinha num mar de Lilly Pulitzer rosa e amarelo, você dá uma ajeitada na barra do seu tubinho preto. Você é a única garota na festa que não está com um vestido da cor de um marca-texto. Antes de vocês saírem de casa, a Libby deu uma olhada no seu visual e perguntou se você não queria pegar nada emprestado. Você disse que não. Pegar algo da Libby não é a mesma coisa que pegar da Annabel, e não é só por uma questão de princípios; você realmente não tem nenhuma esperança de caber num vestido manequim trinta e seis.

Por puro egoísmo, você preferia que a Annabel estivesse ali em vez de em Roma com o Brooks e a família dela. Você se sentiria muito mais à vontade se ela estivesse ao seu lado, decifrando esse ambiente estranho com seus comentários engraçados e observações sarcásticas.

— Champanhe? — Um garçom de traços perfeitos e paletó branco para ao seu lado, segurando uma bandeja de prata. Eles vieram diretamente das agências de modelo de Nova York para servir os convidados. Pelo jeito, a Libby não achou que os garçons da Flórida eram bonitos o suficiente.

— Obrigada. — Você aceita uma taça, esperando que as pequenas bolhas te ajudem a relaxar um pouco. Toma um gole e segue para o salão principal, onde as mesas foram arrumadas para o jantar com toalhas rosa e verde e arranjos de tulipas enormes no centro (as flores preferidas da Libby — fora da estação, e importadas da Holanda). A festa está incrível, é preciso reconhecer. Os detalhes são impressionantes: as iniciais da Libby foram gravadas em todas as taças de champanhe, e seu vestido é perfeito: de tule rosa, discretamente debruado de verde na barra e no busto. A maioria dos casamentos não é tão elaborada assim — ou cara. Mas a maioria das pessoas não é como os Morgan.

Você pode até estar sem graça na festa, mas o dia à beira da piscina dos Morgan foi super-relaxante. Parecia que você estava no céu sem nada para fazer o dia todo, além de ler revistas de fofoca e tomar sol. Pela primeira vez em meses, você se sentiu realmente leve. E daí se a festa esta noite deixar algo a desejar? Você relaxou o dia todo, afinal foi para isso que veio a Palm Beach — só que você não precisa contar isso para a Libby. Você vai aguentar a festa, e amanhã ainda vai ter mais algumas horas para aproveitar na piscina.

— Está se divertindo? — pergunta Tucker Bradby, segurando-a pela cintura. Tucker é o carinha do último ano de cabelos claros que deu carona na sua Suburban gigantesca para você, Libby, Eloise e Harrison — todos que estão passando o fim de semana hospedados na casa da Libby — até a festa. O Tucker é legal, divertido e bobalhão — o equivalente humano a um golden retriever —, e nunca dá para saber direito se ele está dando em cima de você. — Ei, guarda uma dança pra mim depois, tá? — ele diz, antes de sair andando. Você percebe que ele está com um copo na mão. E se pergunta se é a primeira dose ou a quinta.

Você vê a Lila e a Tommy e vai atrás delas. Finalmente, alguém conhecido.

— Oi! — diz Tommy, dando um abraço. — Você também está na mesa oito? — Ela aponta para uma mesa perto da pista de dança. — A Lila e eu estamos nela. — Você dá uma olhada em seu convite. Mesa trinta e dois. As três procuram pelo salão e acabam encontrando a sua mesa, escondida atrás de uma coluna, perto da porta da cozinha. Claro.

Apesar do lugar na Sibéria em que a colocaram, você acaba se divertindo ao longo da noite. Você ficou sentada com um primo da Libby, um nerd que a fez rir à beça, imitando o chato do pai da Libby. A comida estava maravilhosa, a orquestra tocou umas músicas antigas muito boas, e, quando você se dá conta, as horas passaram e chegou o momento de pôr o pé na estrada. A grande festa da Libby — motivo de várias horas despendidas e sabe-se lá quanto dinheiro — acabou. Você está feliz por ela; era exatamente a noite que ela tinha sonhado. Então, você vê a Libby se despedindo dos amigos com beijinhos. Ela está radiante — e acabada.

— Preciso fazer xixi — anuncia a aniversariante antes de correr para o banheiro feminino. Ela bebeu muito champanhe, uma vez que nem seus pais nem os funcionários do clube tiveram problema em servir bebida alcoólica para um grupo de menores. — Tuck, não vai embora sem mim! — ela grita por cima do ombro enquanto vocês caminham devagar na direção do estacionamento. Como sempre, a pose da Libby já era — você nunca a viu sair de uma festa sem as bochechas vermelhas, os cabelos levemente bagunçados e com os sapatos na mão.

— Tudo bem! — grita Tucker de volta.

Você quase não o viu a noite toda, mas agora notou que ele está tão bêbado quanto a Libby. É impossível não perceber. Ele vai para cima de um dos amigos dele, que ri e lhe dá um empurrão. Tucker perde o equilíbrio e quase derruba um arbusto na entrada do clube. Essa não.

O manobrista para a Suburban do Tucker na mesma hora em que a Libby aparece na porta do clube, acenando. Você observa cada vez mais ansiosa quando o Tucker ocupa o assento do motorista e os outros passageiros entram no carro. Ninguém do grupo está sóbrio, inclusive você. Por que não pensou nisso? Se soubesse que não haveria um motorista sóbrio, você não teria bebido uma gota de álcool. Agora é tarde.

— Tuck, você está bem para dirigir? — você pergunta. Pelo jeito, ninguém pensou nisso.

— Estou! Conheço essa estrada como a palma da minha mão — ele assegura. — Não precisa se preocupar.

Você está a fim de...

→ se afastar do grupo e ligar para um táxi. Melhor prevenir do que remediar. Siga para o snapshot #30 (página 135).

OU

→ entrar no carro com o Tucker e torcer para que tudo dê certo. O clube não pareceu ser muito longe — vocês vão chegar em casa quando menos perceberem. Siga para o snapshot #31 (página 139).

SNAPSHOT! #27

Domingo, 10 de fevereiro, 1h15
Fazenda da Spider, Kentucky

— A melhor. Festa. De todas. — Você está deitada sobre um fardo de feno, lembrando os detalhes com a Spider, o Dexter, a Lila e a Tommy. Um prato de rosquinhas de canela, gentileza da mãe da Spider, está no meio da roda. Você adorou este lugar. Em quarenta e oito horas, você recarregou as baterias e pôde se lembrar de como suas amigas são divertidas. Depois que a banda parou, um dos amigos da Spider, da cidade natal dela, assumiu como DJ durante horas.

— Acho que a gente devia fazer um encontro assim todos os anos — diz Tommy. — Você deu uma festa incrível, Spider. Pena que a Libby não pôde vir. — A Libby parecia realmente triste em perder a grande festa da sua companheira de quarto, mas ela foi jogar no campeonato de tênis nacional júnior em Dallas. A Spider também não pôde ir a uma festa dela, que caiu no mesmo fim de semana de uma final de basquete. Pelo menos elas ficaram quites.

— O que aconteceu com o caubói bonitão? — pergunta Lila, pegando mais uma rosquinha. — Parecia que estava rolando alguma coisa entre vocês.

Hudson. Você esqueceu de pedir para a Spider te contar toda a história.

— Por que ele é encrenca? — você pergunta à Spider. Você acabou dando um fora nele, como ela te aconselhou.

— Não acredito que você não foi em frente — diz Tommy.

— O cara era um gato — concorda Lila.

Spider senta direito.

— Bom, pra começar estou feliz por você ter mandado meu primo pra casa sozinho. Aquele idiota é perda de tempo.

— O que ele fez?

— Lembra o ano passado quando o meu amigo Tony levou uma surra atrás da escola por ser gay?

— Claro que sim. — A Spider ficou muito chocada com a violência. O Tony não se machucou muito, mas levou o maior susto, e a Spider ficou superaflita por uma coisa dessas ter acontecido na cidade dela, e com um amigo dela. — Bom, descobriram que um dos agressores era o meu primo Hudson.

— Você está brincando? Isso é horrível! — você diz. Ainda bem que não rolou nada, você pensa aliviada por ter tido o bom senso de escutar a sua amiga. — Por que ele foi convidado?

— Meus pais o convidaram sem falar comigo. Eles dizem que ele mudou, mas nunca mais vou falar com meu primo de novo. O cara é uma cobra. O que ele fez foi muito cruel. Graças a Deus que o Tony não veio. Ele viajou para visitar uns parentes. E se eles se topassem aqui por minha causa? — Ela fica nervosa só de pensar. — Meus pais nem pensaram nisso.

— O Tony prestou queixa? — pergunta Dexter.

— Infelizmente, não. Implorei para ele prestar, mas ele não quis. Acho que ele queria esquecer aquilo. Por isso o Hudson se safou de entrar em cana. — Spider estremece. — Não acredito que sou parente de alguém como ele. E que os meus pais queiram que eu continue tratando o Hudson como da família.

Dexter massageia os ombros dela.

— Sua mãe contou que ele está fazendo terapia por causa disso, pra tentar descobrir por que ele tem toda essa raiva?

— Ele deveria falar com um oficial da condicional — resmunga Spider. — Mas vamos falar de coisas mais alegres. Essa noite foi tão boa que não vou deixar que meu primo horroroso estrague tudo.

— Aos dezesseis anos da Spider — você diz, brindando com uma rosquinha.

— Aos bons amigos! — Spider acrescenta.

— Ao segundo ano! — brinda Lila.

Você não precisa de um cara para que a sua noite seja perfeita. Você recosta a cabeça novamente no feno, sentindo-se grata e feliz. E um pouco suada de tanto dançar.

FIM

SNAPSHOT! #28

Quarta-feira, 26 de setembro, 21h32
Turner Street, 14

Você sobe os degraus de madeira da frente da casa de Sam e aperta a campainha antes de mudar de ideia novamente; primeiro escuta o toque, e em seguida o som abafado de vozes do lado de dentro. Então escuta passos. Uma atraente mulher de meia-idade abre a cortina para dar uma espiada. Deve ser a mãe do Sam, você imagina — ela tem o mesmo tom moreno de pele e os belos cílios. A mulher parece familiar, como se a conhecesse de algum lugar, mas você chega à conclusão de que deve ser por causa da semelhança dos dois. Assim que a vê, ela destranca a porta.

— Em que posso ajudar? — pergunta, num tom de voz gentil.

Sua língua trava e você fica nervosa.

— Hum, eu... eu acho que talvez o seu filho... Isto pertence ao Sam — você solta de uma vez, entregando a carteira. — Eu trabalho na biblioteca da Kings e ele esqueceu lá.

O rosto dela se ilumina com um sorriso que a deixa mais à vontade.

— Sou a mãe do Sam, Camilla Morales. Quanta gentileza sua! Entre, entre! — Ela praticamente a puxa para dentro da casa. O cheirinho delicioso de comida caseira paira no ar, e é de dar água na boca. — Você deve estar congelando! — diz ela. — E não está com fome? — Você diz que está bem e que não pode ficar, mas, quando percebe, já está sem o casaco, sentada no sofá da sala, com um prato de cookies à sua frente. A casa é pequena, mas bem arrumada, com fotos da família espalhadas por toda parte. É bom estar em um lar de verdade, e o calor desse aqui lembra o seu. Mas então você se recorda do verdadeiro motivo pelo qual está ali, e o nervosismo volta.

— Sammy! — grita a sra. Morales aos pés da escada. — Tem uma amiga sua aqui! — Ela parece muito feliz com a sua presença. — Você disse que estuda na Academia Kings?

— Sim. Trabalho na biblioteca, e o Sam esteve lá hoje...

— É mesmo? — Ela parece surpresa e satisfeita em ouvir isso. — Ele não me contou.

Vocês duas olham para o alto quando Sam começa a descer a escada. *Chegou a hora*, você pensa, preparando-se para o pior.

— A minha carteira! — O rosto de Sam reluz quando ele vê a mãe segurando o objeto. — Você veio até aqui para me devolver?

Respira. Tudo bem, está estampado no seu rosto que você gostou do cara. Agora ele sabe, e a mãe dele também...

— Não acredito que se deu ao trabalho! — diz Sam. — Você é a garota mais gentil que já conheci.

Suas bochechas estão queimando tanto que dá medo de pegarem fogo de verdade. Você está feliz que o Sam tenha ficado contente, mas será que ele está interessado em você?

— Então você foi à biblioteca da Kings hoje, Sammy — a sra. Morales sorri. — Não falei que era um lugar maravilhoso? O acervo é enorme, e os alunos de lá não são adoráveis?

Sam revira os olhos e sorri para você.

— Não se anima muito, mãe.

É estranho continuar ali sentada na sala agora que você já cumpriu sua missão, por isso você se levanta.

— Acho melhor eu ir andando. A gente se vê por aí. — Você se sente vulnerável e uma boba por ter vindo, como se estivesse claro quais foram seus motivos. Que tolinha, que vergonha, que...

— Vou te acompanhar até a sua casa — diz Sam, pegando o casaco dele e o seu.

Um fio de esperança cresce dentro de você.

— Não precisa...

— Eu quero — responde Sam. Uau. Parece que seu coração vai sair do peito. Ele quer te levar em casa. Essa é a melhor coisa que já aconteceu.

Você se despede da mãe dele e sai pela noite afora ao lado de Sam.

— A minha mãe vive dizendo para eu me matricular na Kings — conta ele, enfiando as mãos no bolso enquanto caminha. — Talvez eu devesse. Se existem pessoas como você por lá, acho que vou conseguir me acostumar. — Ele sorri, e lindas ruguinhas se formam ao redor de seus olhos. — Sério, mais uma vez obrigado por ter trazido a minha carteira. Aposto que você tinha coisa melhor para fazer.

Você não consegue pensar em nada melhor do que o que está fazendo agora.

— Gosto de andar. Ajuda a espairecer a mente. O fato de você ter esquecido a carteira me deu um destino. — Isso soa quase plausível.

Ele sorri.

— Eu também gosto. Desde que eu tinha uns oito anos. A minha mãe costumava me seguir, para ter certeza que eu estava bem. Ela não sabia que eu sabia que ela estava lá o tempo todo. — Ele ri da lembrança.

— Ela parece uma ótima mãe.

— Sim. Você já a conhecia? Ela trabalha no refeitório da Kings.

— Ah, claro! Eu estava tentando lembrar de onde eu a conhecia. — Você se sente uma idiota, ou coisa pior, por não ter feito a ligação logo de cara. Será que você se transformou em uma pessoa tão metida que nem olha para a cara das pessoas que te servem na escola?

— Preciso dizer que foi uma ótima surpresa te encontrar sentada na sala da minha casa.

Um sorriso enorme toma conta do seu rosto. É preciso muito esforço para aparentar calma.

— Obrigada — você diz, tentando passar um tom natural.

— Você não parece como as outras garotas da Kings. Parece que você tem os pés no chão, que é igual a todo mundo. Isso me fez enxergar a escola por um novo ângulo, sabia? Talvez eu estivesse sendo muito bitolado.

Humm. Por um lado, você fica feliz que o Sam tenha considerado a hipótese de ir para a Kings. Por outro, não pode deixar de se sentir um pouco murcha por ele ter achado que você é simplesmente "igual a todo mundo". Essa não é exatamente a primeira impressão que você gostaria de passar.

— Pelo jeito, a sua mãe está torcendo para você se matricular — você comenta, ignorando o nozinho na garganta.

— Está. Ela vive tentando me convencer. Mas posso ser sincero? — Mesmo no escuro, é possível ver a fisionomia preocupada de Sam. — Sempre odiei o modo como os alunos de lá tratam a minha mãe. Como se ela não existisse. Não consigo lidar com isso, sabia?

Você assente, pois você sabe como é.

— Aposto que ela ficaria muito feliz de poder te dar a oportunidade de ter uma educação tão boa. — Por ser filho de funcionária, é bem possível que ele ganhe uma bolsa de estudos integral. Não seria incrível se ele fosse para a escola? Você poderia vê-lo todos os dias.

Vocês seguem em silêncio por um ou dois minutos, mas é estranhamente confortável. Parece que já se conhecessem há muito mais tempo.

— Você tem namorado? — Sam pergunta do nada, fazendo você corar outra vez. Talvez ele te veja como mais do que alguém pés no chão e igual a todo mundo.

— Não — você responde. — E você? Está saindo com alguém?

— Não — responde ele. Então a olha mais de perto, e aqueles olhos castanho-escuros causam um friozinho em seu estômago. — Alguma chance de comer uma pizza comigo sexta à noite? Conheço um lugar muito legal que acabou de abrir...

— A Pizzaria Moreno que fica no Eastchester? — Você descobriu esse lugar recentemente.

— Isso mesmo! — Sam solta uma risada. — Você conhece a Moreno?

Você assente com a cabeça.

— Eu adoraria sair com você na sexta.

Vocês acabaram de chegar à porta do alojamento. Você vê alguns conhecidos saindo e entrando, que observam quem é o carinha fofo e diferente que está conversando com você, mas seus olhos seguem firmes em Sam. Você não quer quebrar o momento dizendo "oi" para ninguém.

— Legal. Te pego às sete?

— Perfeito. Esse aqui é o meu alojamento. Moynihan.

Sam ergue os olhos para a imensa casa de tijolos com hera subindo pelas laterais.

— Moynihan — ele repete, registrando mentalmente onde você mora para conseguir encontrar novamente na sexta. — Ah, e mais uma vez obrigado.

Será que foi tão simples assim? Será que o cara dos seus sonhos apareceu do nada para te fazer feliz? Você se lembra da paixão platônica que teve no ano passado pelo Henry, e se pergunta se finalmente chegou a sua vez de ter sorte no amor.

↪ Vá para o snapshot #21 (página 100) para descobrir o que vai acontecer em seguida.

SNAPSHOT! #29

Quarta-feira, 26 de setembro, 21h45
MacDougal Street, no centro

Com a carteira do Sam ainda no bolso, você volta para o campus em dúvida se deveria ou não ter batido à porta dele. É verdade que você não se atirou em cima do cara, mas agora não sabe se vai ter oportunidade de vê-lo novamente. Ele pode procurar pela carteira nos achados e perdidos da biblioteca, mas você só trabalha lá doze horas por semana. Bom, agora vai ter que deixar isso nas mãos do destino. Pelo menos você não se humilhou. Se tivesse tocado aquela campainha, teria dado na cara que estava interessada nele.

A caminhada de volta para o campus parece mais demorada, uma vez que o propósito estimulante já era. Foi um dia longo e você não vê a hora de cair na cama. Será que seu pijama azul felpudo está limpo ou no cesto de roupa suja? É nisso que você está pensando, quando um carro preto enorme sai zunindo de uma ruela e quase te atropela. Numa fração de segundo antes de o carro sair acelerando, você vê a Oona de Campos no assento do motorista, com quase todo o rosto escondido atrás dos enormes óculos escuros Jackie O.

O que a Oona está fazendo aqui? Só de ver a Rainha do Mal te dá calafrio. Você está na metade do caminho para o campus, a pouco mais de um quilômetro da escola, e não tem nada ao redor, além de casas e uma loja de conveniência na esquina. Pelo modo como estava dirigindo, ela parecia estar com muita pressa.

Então você ouve um choro baixinho vindo da ruela de onde o carro da Oona acabou de sair e sente um nó no estômago. A luz do poste é fraca e mal dá para ver o vulto de uma menina, quase da sua idade, encostada na parede de tijolos da loja. Ela não parece ter notado a sua presença. Você olha mais de perto e vê que a pobre garota está só de calcinha e sutiã. E então a reconhece da escola, apesar de nunca ter sido apresentada a ela, nem saber seu nome.

Caraca!

A Oona. O que ela aprontou desta vez?

Você lembra vagamente de ter visto a garota andando atrás da Oona no pátio. A julgar pelo seu estado, você tem certeza de que ela deve ser uma das candidatas a membro da sociedade secreta da Kings, a Pi Ípsilon. Você não conhece todos os detalhes desse clube centenário, que permanecem envoltos numa nuvem de mistério há muitos e muitos anos, mas sabe o suficiente para não querer nada com isso. Para começar, a Oona de Campos é a líder da Pi Ípsilon. E, se isso já não fosse motivo suficiente para ficar longe, você também ouviu falar que as reuniões acontecem de madrugada, em locais assustadores, como cemitérios. Os novatos devem fazer qualquer coisa que lhes for pedido, como arriscar a própria saúde e o bem-estar. O que parece ser exatamente o que essa garota está fazendo, esta noite. Quase nua no meio do nada, sem ter como voltar para casa? Que pesadelo... mas, por outro lado, ela procurou isso quando resolveu tentar entrar para esse clube ridículo da Oona.

Você está a fim de...

→ ajudar a garota a ir para casa. A Oona não vai ficar feliz quando souber da sua intervenção, mas isso não vem ao caso agora. Algo ruim pode acontecer se você não ajudar. Siga para o snapshot #32 (página 142).

OU

→ passar reto. Você não é responsável pelas decisões idiotas dessa garota, assim como não deseja despertar a ira da Oona por ter interferido. A Oona sempre fica sabendo de tudo, e ela vai te odiar se você facilitar a vida de uma de suas vítimas. Siga para o snapshot #45 (página 180).

SNAPSHOT! #30

**Domingo, 16 de dezembro, 10h12
Casa da Libby, Palm Beach**

— Eu a vi quando estávamos indo embora — você ouve a Libby dizendo enquanto desce a escada e abre a porta da cozinha. — Ela estava bem! Ainda estava de pé.

— Você estava chapada — diz Eloise. — Não sabe o que está falando...

— Oi, pessoal — você interrompe. Meio sonolenta, você procura a garrafa de café. Todos os seus amigos se viram para olhar para você. Eloise, Libby, Harrison e Tucker estão reunidos ao redor da mesa na copa separada por vidro, e parecem estar com uma tremenda ressaca. Eloise tem olheiras roxas, e o cabelo da Libby é uma versão desmoronada do penteado da noite passada. Os garotos também parecem destruídos. Todos chegaram antes em casa, pois você ainda teve de esperar pelo táxi, no clube. A Suburban do Tucker já estava aqui na frente quando você chegou, e, para sua surpresa, seus amigos já tinham ido para a cama — a casa estava silenciosa e as portas dos quartos, fechadas.

— Posso? — você pergunta ao Tucker, tentando alcançar uma caneca no armário atrás dele. Você esbarra em seu braço. Normalmente o Tucker faria algum comentário indecente, mas esta manhã ele apenas se esquiva sem dizer nada. Talvez ainda esteja aborrecido com a sua decisão de chamar um táxi na noite passada. O pessoal provocou, fazendo com que você se sentisse novamente a esquisita deslocada. Talvez tenha sido um pouco de exagero da sua parte. Você achou que a essa altura eles já teriam superado, mas, pelo jeito, não.

Com a xícara nas mãos, você vai até a geladeira para pegar o creme. Os pais da Libby disseram que era para todos "se sentirem em casa" quando você chegou, sexta de manhã. Desde então você mal os viu e por isso está seguindo à risca a instrução deles. Tem um prato branco sobre a mesa cheio de pãezinhos e muffins de mirtilo.

— Quem ainda estava em pé? — você pergunta, sentando em uma cadeira ao lado da Eloise. A cada gole de café, seu cérebro começa a entrar em ação. — Do que vocês estão falando? — ninguém responde. Você já deveria ter se acostumado a se sentir um peixe fora d'água, mas não se acostumou, e esta manhã isso a incomoda ainda mais. Será que nunca vai melhorar?

— Vamos lá, gente — você insiste, em tom de súplica. — O que foi que eu perdi?

— Nada! — Tucker responde alto. Bem alto. — Mas a festa foi divertida, não foi?

Esqueça. Quem você pensa que engana? Você sempre vai ficar de escanteio no grupo, nunca vai ser totalmente aceita. E não é só porque pegou um táxi para voltar para casa, é por tudo que diz respeito a você.

— Você se divertiu um pouco *demais*, Tucker — diz Eloise, quase num sussurro.

De repente Tucker desfere um soco na mesa. A força do impacto chacoalha a sua caneca, fazendo com que algumas gotas espirrem para os lados.

— Cala a boca! — ele berra, totalmente fora de si. — Será que dá para todos *calarem a boca*?

Uau. Então você se dá conta de que a situação não tem nada a ver com você. Alguma coisa deve ter acontecido na noite passada, no caminho de volta para casa...

— Dá um tempo. Você está sendo muito dramático. Não aconteceu nada. — Libby está um pouco trêmula. — E mesmo se a gente, humm, *atingiu* ela, ela ficou bem.

— Vocês estão achando que podem ter atropelado alguém? — Seu coração está acelerado.

— Ninguém tem certeza disso — diz Tucker, sem responder à pergunta. — Fui parado para fazer o teste do bafômetro no mês passado. Meu pai nunca mais vai me deixar dirigir.

— Talvez ele não devesse mesmo! — Eloise sussurra.

— Escuta aqui, Eloise, nada disso teria acontecido se você não estivesse cantando alto daquele jeito — acusa Libby. — A culpa não foi sua, Tucker. Ela te distraiu!

— Como você pode dizer isso? Você estava tão chapada que nem conseguia ficar acordada! — Eloise levanta e começa a andar de um lado para o outro.

— Alguém se feriu? — Todos ignoram suas perguntas. — Devemos ligar para a polícia?

Harrison limpa a garganta. Franzino e baixinho, ele dá a impressão de ser o menor da ninhada, por isso a força por trás das suas palavras a surpreende.

— Se o Tucker atropelou aquela mulher, ela já deve ter sido encontrada. Não vai adiantar nada procurar a polícia agora. O Tucker vai se meter numa tremenda encrenca, e nós também. É melhor a gente esquecer isso. — Libby olha para ele com certo respeito. Isso está mesmo acontecendo? Os olhos de Harrison continuam fixos em você. — Você entendeu o que eu disse? — ele pergunta. — É melhor a gente esquecer isso.

Você está a fim de...

→ concordar com o plano do Harrison... e esquecer. Você não tem como saber o que aconteceu de verdade. Siga para o snapshot #33 (página 144).

OU

→ tentar descobrir mais detalhes e pressionar seus supostos amigos a fazer a coisa certa. Siga para o snapshot #34 (página 146).

SNAPSHOT! #31

Sábado, 15 de dezembro, 23h48
Palm Beach

— Tucker! Cuidado! — Você puxa o volante das mãos de Tucker e desvia o carro da mulher que está atravessando a rua com seu poodle. O tempo parece correr em câmera lenta enquanto o carro desvia por pouco da mulher, e então seu corpo é arremessado para a frente enquanto a Suburban se choca contra um hidrante. Todo o lado esquerdo do para-choque fica amassado feito papel. Durante alguns longos segundos, ninguém diz nada dentro do carro. A mulher com o poodle bate na janela, do seu lado, com olhos arregalados de medo e fúria.

— Você quase me atropelou! — ela grita através do vidro. — Você quase me atropelou!

Vocês cinco apenas a encaram, atordoados e emudecidos.

— Tá todo mundo bem? — você pergunta, e fica aliviada quando todos respondem que sim.

— Tirando o fato de que sou um homem morto — resmunga Tucker. Ainda bem que o único estrago foi no carro. Tucker entra em ação, pega o telefone e começa a discar um número rapidamente. — Pai? Acabei de sofrer um acidente... Eu, estou bem, todos estão bem... mas estou com medo de que os policiais queiram fazer o teste do bafômetro em mim! — Ele escuta por um segundo. — Na esquina da Delaney com a Shore.

Tucker abaixa o vidro.

— Sinto muito — ele diz para a mulher. — Não tínhamos visto a senhora e, quando vimos, já estava em cima.

A mulher dá uma espiada dentro do carro.

— Tucker? Tucker Bradby, é você?

Tucker assente.

— Ah, espera... sra. Madison?

— Tucker, seu garoto travesso, a sua mãe sabe que você anda correndo desse jeito por aí? Minha nossa! Diz para ela que a Bitsy Madison falou que você precisa de um par de algemas!

— Sra. Madison, a minha mãe vai me matar quando ficar sabendo que eu quase atropelei a sua parceira de baralho preferida! — Tucker dá uma risada, e você percebe que ele quase desmaia de alívio. — Como está o sr. Madison? Ainda está velejando?

Você observa espantada enquanto a conversa prossegue. Tucker quase matou essa mulher, e qualquer um que esteja no raio de um quilômetro é capaz de sentir o seu bafo de álcool. E mesmo assim ele vai se *safar* dessa. Você nunca viu nada igual. Será que os nascidos em berço de ouro podem fazer qualquer coisa?

Momentos depois, Bitsy retoma seu passeio noturno. Um utilitário esportivo branco da Mercedes para cantando pneus perto de vocês, e uma versão mais velha do Tucker desce do carro. O sr. Bradby está furioso. Ele parece o filho daqui a uns trinta anos — cabelos loiros, rosto redondo, barriga saltando para fora da cintura da calça cáqui — e agora, depois de ter sido arrancado da cama para salvar a pele do filho irresponsável, ele está uma fera.

— Entra nesse maldito carro — berra o sr. Bradby para o filho, que abaixa a cabeça e obedece. — Todos vocês! Entrem no meu carro!

Você obedece, e o sr. Bradby leva todos, menos o Tucker, para a casa da Libby. Ninguém fala nada durante o trajeto, nem quando descem do carro. E ninguém fala uma palavra sobre o que vai acontecer com a Suburban abandonada. Você tem a sensação de que alguém vai cuidar de todos esses detalhes, do mesmo modo que sempre cuidam em se tratando de Tucker Bradby.

Mais tarde, quando já está com a cabeça no travesseiro do quarto de hóspedes verde e tenta acalmar os nervos para conseguir dormir, você se sente aliviada de voltar para o campus no dia seguinte. Mais do que isso, se sente grata por ter tido a presença de espírito de pegar naquele volante. Você salvou a vida de Bitsy Madison esta noite. Mas entrar no carro com um motorista embriagado foi a maior estupidez do mundo. Da próxima vez pode ser que você não tenha a mesma sorte.

FIM

SNAPSHOT! #32

Quarta-feira, 26 de setembro, 22 horas
Casa Moynihan

— Coitadinha. — Annabel oferece uma xícara de chá para Susannah White, a garota do primeiro ano que você encontrou tremendo de frio, só com a roupa de baixo. A menina, agora embrulhada no roupão da Annabel, se recupera do seu estranho resgate. — Não acredito que a Oona te jogou para fora do carro e disse para você se virar para voltar para o campus daquele jeito! Onde ela estava com a cabeça?

Susannah toma um gole.

— A culpa foi minha por ter tentado entrar para o clube. — Ela é uma menina quieta e recatada, o tipo de pessoa que parece ter medo da própria sombra. — Não tem sido fácil fazer amizade aqui como eu esperava que fosse. Pensei que seria legal fazer parte de algo. E todos falaram que se eu conseguisse passar pelo processo de seleção...

— Você acabou de arrumar duas amigas, Susannah — diz Annabel, acariciando a mão dela. — E não vamos pedir pra você fazer coisas estúpidas como aquela! — Você é grata pelo doce de pessoa que a Annabel é. E se sente sortuda por ter uma amiga tão carinhosa e acolhedora.

— Isso que eu chamo de noite — você diz para as duas, de repente se sentindo exausta. Nossa! Primeiro você conheceu e perdeu o Sam; talvez isso soe um pouco melodramático, mas é assim que você se sente. Depois cruzou com a pobre Susannah. Então resolveu colocá-la embaixo da sua asa e ajudá-la a voltar para o campus em segurança, sabendo que a Oona poderia ficar furiosa por causa disso. Com certeza, uma das suas seguidoras estava espionando para contar tudo para ela, pois a Oona enviou uma mensagem para a Susannah dizendo que a vida dela só iria ficar mais difícil se ela optasse pelo "caminho mais fácil" — e que a mesma coisa iria acontecer com qualquer um que tentasse atrapalhar o processo de seleção. Você sabe que a Oona vai dar um jeito de se vingar. Mas a sua consciência nunca ficaria em paz se você tivesse seguido em frente e algo de mal acontecesse com a Susannah.

— Obrigada mais uma vez — agradece Susannah. — Espero que a Oona não pegue muito pesado com você. Acho que ela queria que eu implorasse por uma carona até o campus. Sabe, que eu me humilhasse.

— Isso não é o que uma amiga de verdade faria, não é? — você pergunta para Susannah. Você fica feliz quando a garota diz que a Pi Ípsilon não é para ela. — Não se preocupe comigo. Não tenho medo da Oona. — Bem que você gostaria que isso fosse verdade.

— Eu também. Não podemos deixar que ela saia livre dessa — diz Annabel, com ares de determinação. — E se você não tivesse passado por aquela rua? E se não tivesse emprestado seu casaco e chamado um táxi? Algo muito ruim poderia ter acontecido. Precisamos falar com o Fredericks a respeito disso. — Ela olha para vocês em busca de apoio. — Vocês estão nessa comigo?

Você assente. É um alívio ter Annabel do seu lado, e é preciso fazer algo a respeito do bullying da Oona. Se vocês três trabalharem juntas, poderão pôr um fim nisso.

↪ **Siga para o snapshot #48 (página 188).**

SNAPSHOT ! #33

Domingo, 16 de dezembro, 20h14
Casa Moynihan

— Conta tudo — diz Annabel assim que você larga a mochila no chão da sala. — Foi muito divertido?

— Depende para quem você perguntar. Acho que a Libby se divertiu bastante. — Sua cabeça está latejando. Você não tem certeza se é por causa do champanhe da noite passada ou do peso do que ouviu esta manhã.

— Mas você não se divertiu? — Annabel parece decepcionada. — Pelo jeito, acho que eu não perdi muita coisa.

Você se larga diante da escrivaninha. No voo de volta para casa, teve tempo para pensar e resolveu não contar nada para a Annabel sobre o possível atropelamento e a fuga. Nem para ninguém. Não tem por quê, sério — quanto a isso, você e o Harrison estão de acordo. Você nunca vai saber os detalhes do que aconteceu. Você simplesmente aceitou a ideia de que a mulher estava bem, ou que, se ela tivesse se ferido, alguém a teria encontrado a tempo de lhe oferecer ajuda. Doze horas depois do suposto acidente já era tarde demais para ajudar. Uma coisa é certa: nunca mais você vai olhar com os mesmos olhos para Libby, Harrison, Tucker e Eloise, ou pensar neles como amigos.

— Mas me conta como foi em Roma — você diz para Annabel, louca para mudar de assunto. — Sua tia-avó ficou muito surpresa quando viu todos vocês?

Annabel morde o lábio inferior e solta um suspiro.

— Para falar a verdade, parecia que eu é que estava segurando vela. Meus pais parecem que amam mais o Brooks do que eu.

— Isso é ruim?

— Acho que não. Mas às vezes parece um casamento arranjado, sabe? Meus pais nunca me perdoariam se eu terminasse com o Brooks. E, se eu dissesse que ficamos noivos, aposto que eles não teriam nenhum problema se eu me casasse tão cedo. E nem é porque eles conhecem ou gostem do Brooks. Eles gostam da família dele, do sobrenome que ele tem.

— Só para constar, não gosto da ideia de você casar tão cedo.

Annabel solta um sorriso.

— Sério? Você acha que quinze anos é muito cedo para se enforcar?

— Espera um ano. Mas, falando sério, tenho certeza que tudo o que os seus pais querem é que você tenha uma vida boa, mesmo que as ideias deles sejam um tanto ultrapassadas.

Annabel concorda.

— Você faz com que meus pais pareçam supernormais. Mas estou feliz de estar em casa.

— Eu também — você concorda.

FIM

SNAPSHOT! #34

Domingo, 16 de dezembro, 10h25
Casa da Libby, Palm Beach

— Eu nunca deveria ter te convidado para ficar aqui! — berra Libby, com duas bolas rosadas se formando em cada uma das bochechas. — A Annabel me fez te convidar porque você é muito pobre para pagar um hotel!

A revelação pega você de surpresa. Então a Libby sabe que você é bolsista. E você fica igualmente chocada quando descobre que não está nem aí.

— Não estou dizendo que vocês precisam ir à polícia — você repete, tentando manter a calma. — Nem que vocês precisam fazer alguma coisa! Eu só estava dizendo que talvez fosse melhor pedir um conselho para os seus pais sobre o que fazer nessa situação.

Harrison a encara, inexpressivo.

— Não precisamos de conselho nenhum — ele diz, e você se arrepia.

— É melhor você não dedurar a gente! — berra Libby.

— Calma, Libby — Tucker diz, parecendo exausto.

O sr. Morgan entra na cozinha com seus tênis superbrancos.

— Elizabeth, fale mais baixo! O que está acontecendo aqui?

Na hora, o cômodo todo fica em silêncio, exatamente como estava quando você entrou. Só você parece aliviada com a presença do sr. Morgan. Você não faz ideia do que seus amigos deveriam fazer, mas talvez ele saiba. Após uma leve pressão do pai, Libby conta toda a história. Ele escuta sem dizer nada.

— Quem mais sabe disso? — ele pergunta, depois que ela termina.

Libby gira um dedo ao redor.

— Só a gente.

O sr. Morgan se volta para você.

— Mas você não estava no carro?

Você assente, pensando o que isso tem a ver.

— Podemos conversar a sós um minuto? — pergunta o sr. Morgan, dando meia-volta e indo em direção à porta. — No meu escritório?

↳ Siga para o snapshot #49 (página 190).

SNAPSHOT! #35

Domingo, 9 de dezembro, 17h36
No centro

— Sinto muito pelo que ela disse! A Libby sempre foi uma idiota. Ela é supermimada! — Sam ainda está soltando fumaça de tanta raiva, e você está tentando acompanhá-lo desde que ele saiu pisando duro da lanchonete e pegou o caminho de casa. Você está enojada. Sempre soube que a Libby era uma idiota, mas agora tem a prova disso. Ela não tinha intenção de ofender o Sam, mas as intenções dela não vêm ao caso. Ela o ofendeu.

Talvez o Sam esteja certo. Você alega que suas amigas da Kings são pés no chão, mas talvez tenha algo mais nessa afirmação... talvez elas sejam pés no chão *para pessoas que nunca conheceram outra vida, senão uma cheia de privilégios.* Você está assustada com a expressão de choque da Annabel diante da explosão do Sam. Com a cara de desentendido do Brooks. Não foi apenas a Libby. Será que alguém que nasceu em berço de ouro é capaz de entender como é se sentir sempre um peixe fora d'água?

— Não sei como você a suporta. — Sam está furioso. — Você morou mesmo com ela no ano passado? — Finalmente, vocês chegam à rua dele, e o ar frio arde em seus pulmões. Você não acredita no modo como a noite terminou. Num momento você estava aconchegada em um sofá da lanchonete com seu namorado, os dois sonhando sobre como vai ser irem juntos para a escola no ano que vem, e, no seguinte, está correndo atrás dele pela rua, tentando colocar as coisas nos eixos novamente.

A sra. Morales está na cozinha preparando o jantar quando vocês irrompem pela casa. Ela bate palmas, surpresa.

— Pensei que vocês iam comer fora! Bom, ótimo! Fiz a sua sopa preferida, Sam, comam enquanto está quente.

Você espera que o Sam conte para a mãe o que aconteceu ou que desabafe sobre a Libby, mas ele lava as mãos em silêncio e puxa uma cadeira à mesa. A sra. Morales serve um prato da deliciosa sopa de legumes para cada um de vocês, falando animada de como ela não vê a hora de o Sam receber a carta da Kings.

— Mal posso aguentar esse suspense! — ela lhe diz, sorrindo. Vocês duas sabem que as chances do Sam são excelentes. Ele é um ótimo aluno e gabaritou no teste. Agora a pergunta é: depois do que aconteceu esta tarde, será que ele ainda vai querer ir para a Kings? O suspense também está te matando.

Sam fica quieto durante todo o jantar, ouvindo vocês duas conversar antes de tirarem a mesa.

— Deixa comigo — ele diz carinhosamente para a mãe, dobrando as mangas para lavar a louça. — Descansa um pouco. — Ele é um ótimo filho, e você sente uma nova onda de afeição enquanto o observa atacando as panelas e os pratos na pia. A sra. Morales vai para a sala assistir ao jornal, dando um pouco de privacidade para vocês.

— Eu enxugo — você diz, parando ao lado dele. — E então, você também está ansioso com a carta? Mesmo depois de conhecer Libby Morgan?

Sam olha para você. Os cantinhos de sua boca estão levemente erguidos.

— Você e a minha mãe são farinha do mesmo saco.

— Isso não responde à minha pergunta.

Ele suja a ponta do nariz com algumas bolhas de sabão.

— Sim. Estou animado. Nada mudou. Está feliz?

Você respira aliviada. Ótimo.

— Muito.

— Obrigado por ter ficado do meu lado, hoje. Desculpa por ter saído daquele jeito. A Annabel e o Brooks parecem ser legais. — Ele lhe dá um beijinho e entrega um prato. — Talvez até a Libby mereça um pouco mais de tempo.

— Quanta generosidade sua. — Você fica mais tranquila por saber que ele se acalmou. — E não precisa me agradecer. Sempre vou estar ao seu lado.

— Eu também.

Ele termina de lavar a última tigela e a passa para você enxugar.

— Ei, tenho uma coisa para você.

— Sério? Eu adoro presentes! — Quando era criança, você sempre xeretou atrás dos seus presentes com tanta determinação que o seu pai se viu obrigado a guardá-los no escritório. Você coloca a tigela em cima do escorredor de louça e o beija, e ele a envolve em um abraço. A mãe dele está na sala ao lado, por isso vocês não podem se deixar levar, o que não é nada fácil. De algum modo este ano trouxe tudo que você queria. Seu emprego na biblioteca te deu tempo suficiente para estudar, e, por conta disso, suas notas estão ótimas, e lá você ainda conheceu o cara dos seus sonhos. Sem falar que conseguiu guardar dinheiro suficiente para viajar, e está pensando em perguntar para o Sam se ele quer ir para o Kentucky com você na festa de aniversário da Spider, na primavera. Ele gostou muito da Spider, e vai ser muito legal se ele for junto. Com isso Sam vai poder conhecer mais pessoas da Kings antes do início das aulas, no ano que vem.

— Ei, mãe — ele grita. — Vem aqui, tenho uma coisa para você também.

— O que foi que você disse? — A sra. Morales enfia a cabeça na cozinha.

— Eu estava esperando o momento certo. — Ele tira uma carta do bolso de trás e a entrega à mãe. — Estou dentro. Bolsa integral também.

A sra. Morales olha para o brasão da Kings no alto da folha e a aperta contra o peito. Dá outra olhada na carta, e desta vez a lê com atenção. Então solta um grito ensurdecedor antes de puxar Sam e abraçá-lo. Ela não o solta. Sam passa a carta para você enquanto a mãe sai dançando com ele pela cozinha. A alegria é tanta na pequena casa, e em seu coração, que você não consegue conter as lágrimas.

— Quando você a recebeu? — A sra. Morales dá um soquinho em Sam. — Sabia que eu não estava nem conseguindo dormir por causa da expectativa?

— Ontem. Eu queria contar para as duas ao mesmo tempo, já que vocês foram as grandes mentoras disso tudo. Sou muito sortudo por poder ir para uma ótima escola. E estou superanimado! — Ele lhe dá um beijo na testa. — E ficar com você vai ser a melhor parte.

O ano que vem. É um pouco difícil imaginar, mas, se ele estiver com você na Kings, o ano que vem pode ser ainda melhor.

FIM

SNAPSHOT! #36

Domingo, 9 de dezembro, 17h45
Lanchonete Glory Days

O Sam já tinha dado alguns passos enfurecidos em direção à porta da Glory Days quando hesitou. A verdade é que você não é uma pessoa impulsiva, e precisou de um tempo para pensar antes de sair brava com seus amigos. Já o Sam tem pavio curto. Tem certeza de que está certo e de que a Libby está errada, e ponto-final. Estava escrito na cara dele a decepção que sentiu por você não o apoiar imediatamente, e você sabe que acabou de cruzar uma linha muito importante.

Você levanta, com medo do que acabou de acontecer. Afinal, é o Sam, você é louca por ele e não quer perdê-lo.

— Espera, Sam — você pede, correndo atrás dele.

— Se quiser pode ficar com os seus amigos — ele diz. Dá para perceber que ele está magoado, mas também tem raiva em sua voz. Você toca no braço dele, mas sua fisionomia se torna ainda mais fechada e fria, até em relação a você. Aquele breve momento de hesitação mudou algo entre vocês. Você percebe isso na hora e se pergunta se algum dia as coisas vão voltar a ser como eram antes.

Ele sai apressado pela porta.

— Eu também vou! — você chama, seguindo Sam em meio ao ar gelado. Não foi apenas uma hora atrás que o clima parecia aconchegante, perfeito para ficar abraçadinho, lá dentro? Agora só parece frio, agourento e úmido. Sam segue a passos rápidos pela rua e você tenta acompanhar.

— Você é mesmo amiga daquela garota? — ele finalmente diz, parando em uma esquina.

Você solta o ar. É difícil explicar a sua amizade com a Libby, o que sempre foi um conflito. Sim, ela é totalmente desligada, mas de vez em quando ela te surpreende com sua lealdade e seu senso de humor.

— Fomos colocadas para morar juntas no ano passado. Ela não é assim tão má.

Sam olha, incrédulo.

— Por favor, não defende aquela garota. Não quero perder o respeito por você.

Suas palavras soam como um soco no estômago. Perder o respeito, só porque você não julga a Libby com tanto rigor? Sim, ela disse uma coisa errada, mas, por mais louco que pareça, você sabe que não foi sua intenção ofender. Ela estava tentando encontrar algo em comum com seu namorado, um modo de ligar seu sangue azul com o dele. Cara, ela errou feio. Mas dessa vez ela não tinha más intenções.

— Entendo que você esteja aborrecido — você diz. — Ela falou uma grande bobagem, mas não foi com a intenção de ofender.

Sam chacoalha a cabeça vigorosamente.

— Pensei que eu te conhecesse, mas, vendo você protegendo aquela esnobe, já estou em dúvida.

Ele está sendo injusto. Agora você está ficando irritada.

— Você precisa se acalmar — você avisa. — Não estou protegendo ninguém.

— Vou para casa. — Sam retoma o passo, mais rápido do que antes.

— Ei, mais devagar.

Mas, em vez disso, ele mantém o ritmo.

— Quero ficar sozinho.

Algo explode dentro de você. Ele está sendo muito duro.

— Tudo bem. — Você para de andar. — Tudo bem, pode ir! — você desabafa enquanto o observa desaparecer noite adentro.

↳ Siga para o snapshot #50 (página 193).

SNAPSHOT! #37

**Terça-feira, 13 de novembro, 19h34
Sala de imprensa do *Grifo***

Henry ocupa o lugar dele à cabeceira da longa mesa de reunião.

— Muito bem, pessoal, vamos começar. Temos muita coisa em pauta esta semana. — Ele enrola as mangas e folheia algumas páginas do seu bloco amarelo. *Adorável*. Você ainda não acredita que ele é seu namorado. É uma delícia vê-lo em ação como editor-chefe do *Grifo*, um trabalho que ele faz bem e leva muito a sério. Ser namorada dele pelo jeito elevou seu status no jornal também: você está sentada à mesa, com a equipe principal, em vez de estar acomodada em uma cadeira dobrável, mais atrás. Até a Oona tem te tratado com certo respeito — ou, pelo menos, escuta de vez em quando o que você tem a dizer.

— Pauta número um: novas matérias. Quem tem uma história sobre a qual queira escrever para o próximo exemplar? — Henry olha ao redor e convida alguns para compartilhar suas ideias. Nenhuma parece lhe agradar, e você, como sempre, concorda. Vocês se tornaram tão ligados ao longo dos últimos dois meses que parece que agora compartilham o mesmo cérebro.

É legal poder conversar com o Henry sobre tudo, porque sua amizade com a Annabel se tornou definitivamente mais distante. Ela jura que não tem nada a ver, mas mesmo assim você tem a impressão de que ela está te evitando. Ela faz a lição de casa na biblioteca e cai fora do campus todas às sextas para passar o fim de semana com o Brooks. Desde que você começou a namorar o ex dela, vocês mal se conversam.

— Carrie, o que você tem para esta semana? — Henry pergunta para uma menina tímida do primeiro ano.

Ela fala tão baixo que mal dá para ouvir.

— Desculpa, mas será que daria para você falar um pouco mais alto?

— Hum, acho que seria interessante escrever um artigo sobre, humm, sexo na Academia Kings. — E fica roxa de vergonha.

— Sexo? — Henry ergue as sobrancelhas e evita olhar para você. — Sobre o quê, exatamente?

— Bom, hum, já se passaram dez anos desde aquele incidente no vestiário dos meninos. — Carrie está se referindo a um escândalo sexual que abalou a escola e ganhou notoriedade na mídia. Dez anos atrás, uma menina chamada Sara Moncle foi apanhada fazendo striptease para vários membros do time masculino de hóquei. Sete alunos foram expulsos, mas a menina não. A comunidade ficou dividida se o caso foi tratado corretamente — será que a garota agiu de livre e espontânea vontade e deveria ter sido responsabilizada pelo seu ato? De qualquer maneira, ela acabou saindo da escola no ano seguinte. — Acho que seria interessante mostrar como as coisas mudaram — Carrie continua —, e como aquele acontecimento afetou a comunidade.

Henry concorda, pensativo.

— Gostei. Boa ideia, Carrie. Mas preciso refletir um pouco mais.

A reunião continua por uma hora ou mais, e você mal pode esperar para ir para casa com Henry. Ainda é meio esquisito para ele entrar no quarto de vocês, com a Annabel por lá, mas ele a acompanha até a entrada do alojamento depois de todas as reuniões.

— Acho que a Carrie deu uma boa ideia, sabia? Retomar aquele escândalo e ver como ele mudou a vida aqui na Kings — ele diz, recostando-se na grade do portão. — Mas vamos precisar de algo mais.

Você concorda.

— Seria incrível se a gente pudesse entrevistar a Sara Moncler pessoalmente. A garota que foi o pivô disso tudo, agora dez anos mais velha. Onde ela mora, como está vivendo... Todo mundo ia querer ler.

O rosto de Henry se ilumina.

— Genial! Você acha que consegue entrar em contato com ela?

— Eu? — Você não estava tentando roubar a ideia do artigo; só estava ajudando aprimorar.

— A Carrie escreve bem, mas ainda precisa amadurecer, sem dizer que é muito tímida para assumir uma missão como essa. Sei que você pode dar conta do recado.

— Mas a ideia foi dela, Henry, eu não iria me sentir bem...

— Não é assim que funciona. Eu sou o editor-chefe, e cabe a mim escolher quem vai cuidar de cada artigo. Ponto-final. Vou explicar isso pra Carrie, ela vai entender. Você topa?

Você está a fim de...

→ concordar em escrever o artigo. Sua cabeça está cheia de ideias. Você já sabe até quais perguntas fazer. A Carrie vai ter que entender. Siga para o snapshot #46 (página 184).

OU

→ convencer o Henry de que a Carrie deve tentar redigir o artigo, e, se ela não der conta, você pode ajudá-la. Essa é a coisa certa a fazer. Vá para o snapshot #12 (página 68).

SNAPSHOT! #38

Sexta-feira, 21 de dezembro, 18h30
Casa dos Lewis

— Abre, Park! — Ver a empolgação do Parker por causa do presente que você acabou de dar a ele faz com que você também se sinta como uma criança no Natal. Foi um presente muito planejado. — Sua mãe disse que você poderia abrir, então vai em frente!

Brenda Lewis, que ainda está de terninho, dá um sorriso forçado do sofá, atrás de você. Ela chegou em casa mais cedo, muito mais cedo do que de costume, enquanto Paul ficou preso no trabalho. Você ficou chateada, apesar de não ter o direito. Quase todas noites de sexta, o Paul pede pizza e vocês três fazem uma festinha no quarto de brinquedos, montam um piquenique no chão e devoram uma torta inteira enquanto ainda está quentinha. O Parker adora isso. Depois, vocês cantam as músicas preferidas dele e o deixam fazer mais algumas gracinhas antes de tomar banho e ir para a cama. Mas esta semana, com a Brenda por perto, o jantar foi frango com brócolis e uma suave música clássica de fundo. Você sabe que não deveria se sentir assim, mas preferia que ela tivesse ficado trabalhando até tarde em vez do marido.

O beijo no corredor só aconteceu uma vez, ou, pelo menos, *ainda* não se repetiu. Na hora, você e o Paul concordaram que isso não deveria acontecer de novo. Foi o que os dois disseram. Não tem como negar o clima que rola entre você e seu patrão casado. Você pensa nele o tempo todo, e sabe que é recíproco, porque ele sempre envia mensagens só para compartilhar um pensamento, um momento engraçado, uma frase legal do livro que está lendo. Esta noite, por exemplo, você tem certeza de que ele vai enviar uma mensagem pedindo desculpas por ter perdido a pizza de sexta à noite. Esses momentos parecem tão importantes para ele quanto para você. Seus sentimentos pelo Paul não são mais uma simples paixonite. Você está gostando dele de verdade.

Parker rasga o papel de presente listrado de verde e vermelho, e solta um grito quando vê o que tem dentro: um bauzinho de pirata, cheio de tesourinhos. Você sabia que o Parker ia adorar o presente. Foram semanas fazendo colares com continhas com a letra P, pintando moedinhas de madeira com a carinha dele, procurando nas lojas o tapa-olho perfeito e um lenço de cabeça. Parker é louco por piratas, e agora ele tem o cenário perfeito para brincar de montão.

— Uau! — diz Brenda sem a menor emoção enquanto Parker espalha entusiasmado o tesouro pirata. — Foi muita gentileza sua. Muito bem, Parker, está na hora de acalmar e se preparar para dormir.

Estraga-prazeres. É essa a palavra que você estava procurando para descrever Brenda Lewis. Estraga-prazeres. O Paul merece algo melhor. Você não pode culpá-lo por procurar compreensão e amor fora do casamento.

— Vamos pegar o seu pijamoso, Park — você diz carinhosamente, guardando de volta as moedas que ele espalhou pelo chão.

— Mas eu quero brincar de pirata! *Brrrr!*

— Semana que vem a gente brinca, eu prometo. — Você bagunça o cabelo dele, e ele sai marchando obediente para o quarto. O garoto é incrível. Você está indo atrás quando Brenda se coloca na frente, bloqueando seu acesso ao corredor.

— Preciso falar com você — ela diz num tom tão sério que faz seu coração disparar. Você tem a sensação de que vai se meter em encrenca. — O Paul e eu tivemos uma conversa sobre a nossa situação. — Ela acena com a mão ao redor como se estivesse mexendo um caldeirão. — E acho... nós achamos... melhor procurar alguém que possa ficar de olho no Parker enquanto limpa a casa.

— Uma faxineira?

— Seria um alívio voltar para uma casa limpinha no fim do dia.

Suas bochechas ficam vermelhas.

— Por acaso tenho deixado muita bagunça? — Você dá uma olhada na sala, mas não tem nada fora do lugar. Você sempre tomou o cuidado de guardar todos os brinquedos e limpar a cozinha depois do jantar. Até colocou a roupa para lavar numa tarde dessas e limpou todo o quarto do Parker. Agora a Brenda está fazendo com que você se sinta uma bagunceira.

— Você faz o que pode — diz Brenda. — Mas precisamos de alguém que, sabe, limpe os banheiros. Passe pano na cozinha toda semana. Você sabe...

— Você quer alguém para fazer essas coisas *enquanto* fica de olho no Parker?

— Você mesma disse que ele é um garoto muito tranquilo...

A raiva cresce por dentro.

— E é. Mas ele só tem três anos. Precisa ir ao parquinho, à biblioteca... e não ficar sentado o dia inteiro vendo alguém limpar a casa.

Brenda Lewis recua um passo, com as sobrancelhas erguidas. Fica evidente que você ultrapassou os limites.

— O Paul e eu sabemos o que é bom para o nosso filho.

Você fica enojada. Está perdendo mais do que seu emprego. Você se tornou muito ligada ao Parker, pensa em jogos para brincar com ele, mesmo quando não está trabalhando. Agora ele simplesmente vai sair da sua vida? Assim, de repente? Sem que você possa fazer nada a respeito? E, para completar, ainda tem o Paul. Que raiva! E que covarde, se escondendo no escritório em vez de te despedir pessoalmente. Você fica pensando se a Brenda pegou no ar os momentos alegres que vocês três têm passado juntos. Ela deve ter sacado a ligação entre você e o Paul ao longo dos últimos meses.

— Não quero nenhuma cena. — Brenda olha na direção do quarto de Parker, onde é possível ouvi-lo brincando alegremente com o brinquedo novo. — Não quero deixar o Parker chateado. Sei que ele gosta muito de você.

— Nada de cena. — Você força a voz para parecer calma e amável. — Quando vai ser o meu último dia? — Dá tanta pena do Parker que você tem a sensação de que vai desmaiar.

Agora a Brenda também parece sem jeito.

— Encontramos alguém que pode começar na semana que vem, depois das festas. Você vai para a sua casa passar dez dias, certo? Por isso acho que este é um bom momento para a separação.

Isso significa que *este* é seu último dia.

A notícia a atinge mais forte que um soco. Esta noite foi a última vez que você deu o jantar para ele, ou lhe deu banho. Lágrimas começam a descer pelo seu rosto e você as enxuga furiosamente com as costas da mão. Então tenta recuperar a compostura.

— Posso colocar o Parker para dormir?

Brenda concorda.

— Mas eu agradeceria se você não contasse para ele que não vai voltar na semana que vem. Como eu disse, não há motivo para deixá-lo chateado.

Será que não passou pela cabeça dela que o Parker vai ficar chateado quando você não aparecer *nunca mais*?

— Pode deixar — você diz para Brenda, lutando para conter as lágrimas.

Parker está sentado no chão.

— Onde você pegou o tesouro? É demais.

— Eu encontrei, Park. Ele estava enterrado. Tinha um X enorme marcando o lugar. — *Não chora*, você diz a si mesma enquanto o pega no colo. — Muito bem, pirata Parker, está na hora de dormir. — Ele se acomoda obediente no berço, e você puxa o cobertor até seu peito, do jeitinho que ele gosta. Ele enlaça os braços ao redor do seu pescoço, num abraço apertado.

— Foram uns piratas que deixaram lá?

— Deve ser.

Parker arregala os olhinhos.

— Uau. Podemos brincar de pirata?

— Agora está na hora de dormir. E na semana que vem é Natal, cara. Seu pai e sua mãe vão estar em casa para brincar com você. — Depois disso, quem sabe.

— Eu gostaria que você ficasse em casa para brincar comigo todo dia. — Parker se deita, recostando a bochecha redonda no travesseiro.

— Eu também. — Você dá um beijinho na testa dele. É preciso muita força para segurar as lágrimas. — Você é um garoto muito bonzinho, sabia? — Você diz isso para ele todas as noites na hora de dormir.

— Eu sei — responde Parker, do mesmo jeito que sempre faz. — Boa noite.

Você apaga a luz. Brenda está esperando no final do corredor com um envelope na mão.

— Isto é para você — diz rapidamente. — Muito obrigada.

Você apanha o envelope sem olhar para ela, pois não quer que ela veja como você está magoada. Em seguida você lhe deseja um Feliz Natal e segue até a porta.

Lá fora, o ar frio atinge em cheio suas bochechas molhadas, e você tenta recuperar o fôlego enquanto caminha pelas ruas em direção ao campus, soluçando. Annabel já viajou para as festas de fim de ano — você ficou mais um dia só para não atrapalhar os compromissos dos Lewis —, por isso, quando chega, tudo que encontra é um quarto vazio. Seu peito dói. O Parker foi arrancado de você — por que nunca imaginou que isso pudesse acontecer? Você nunca deveria ter permitido que algum tipo de relacionamento se desenvolvesse com o Paul. Agora não pode culpar a esposa por querer distância de você. Você só pode culpar o Paul... e a si mesma.

Você liga a tevê, na esperança de que o barulho a distraia da solidão, e se joga no sofá. Sua passagem de ônibus está comprada para amanhã. Só mais algumas horas e você estará em casa — e talvez, quando voltar para a escola, esse peso no seu coração já tenha diminuído.

O celular apita na almofada ao lado. É o Paul.

> Desculpa não ter chegado a tempo de me despedir.
> Boas Festas para você e toda a sua família.
> Abraço, Paul

Parece que você vai vomitar. Isso é tudo que ele tem a dizer? Talvez a Brenda esteja lendo as mensagens dele. Você abre o envelope que ela lhe deu e vê que tem duas semanas a mais no pagamento. Dinheiro suficiente para ir à festa da Spider, no Kentucky. Quem sabe até lá você já tenha se recuperado... e esquecido o garotinho e o pai dele, que moram tão perto daqui, enquanto a vida deles segue sem você.

↳ Siga para o snapshot #22 (página 103).

SNAPSHOT! #39

Sábado, 12 de janeiro, 12h24
Lanchonete Glory Days

— Come alguma coisa — diz Walter, empurrando o prato na sua direção.

Você pega algumas batatinhas só para ele parar de insistir. Embaixo da mesa, você não para de balançar os pés. Parece um pato batendo as patinhas desesperadamente debaixo d'água, mas supercalmo por fora.

— Você tem agido de um jeito muito estranho. Notei isso desde que voltei.

— Nossa, valeu — você diz, revirando os olhos. O Walter parece um disco riscado desde que voltou para a Kings. Aparentemente, a Annabel e a Spider se acostumaram com a mudança ocorrida em você — a rapidez com que você cumpre seus afazeres diários, a sua estrutura física cada vez mais frágil, as noites em claro. Elas te encheram um pouco no primeiro semestre, mas ultimamente parecem mais conformadas com o seu novo jeito de agir. Mas o Walter não. Você percebeu o choque que ele levou na primeira vez que te viu. O Walter coxinha jamais iria entender a pressão que você vem sofrendo — a escola sempre foi muito fácil para ele. Você só está fazendo o que é preciso.

— Estou falando sério. A Annabel me contou que você está viciada em Adderall. — Walter balança a cabeça, visivelmente aborrecido.

— Tudo bem, não estou tão *viciada*...

— Claro que está. Isso é altamente viciante, e, pelo que eu soube, você tem tomado há meses. Não consigo entender por que resolveu tomar aquele veneno.

O Walter está sendo muito melodramático.

— Não espero que você entenda — você diz para ele, ainda mais irritada. Por que ele não ficou um ano em Londres?

— Você ainda está tomando aquilo? — ele pergunta, pressionando você com o olhar.

— Só quando preciso muito — você responde baixinho. Na verdade, você precisa muito todas as noites, mas é melhor não contar isso para ele. Uma vozinha sussurra dentro da sua cabeça, dizendo que talvez você esteja mesmo viciada. Mas você a ignora. Acha que pode parar quando quiser. Só que não *neste momento*, com tantas coisas em jogo.

Walter meneia a cabeça, tristonho.

— Foi o que pensei. — Ele dá uma olhada na direção da porta, então confere as horas no relógio de pulso.

— O que você está fazendo? — você pergunta, mas, antes que ele tenha tempo de responder, você vê seus pais entrando na lanchonete, com cara de preocupados. — Walter, por favor, não me diga que você...

— Eu tive. Eram eles ou o diretor Fredericks, e eu não queria que você fosse expulsa.

— Belo amigo, hein? — você diz, irônica, enquanto seus pais se aproximam. Você está com ódio do cara. Nunca vai o perdoar por isso, nunca. Dá para ver o horror estampado no rosto da sua mãe quando ela percebe como você emagreceu. Seus pais não a veem há meses, pois você tem inventado um milhão de desculpas. Durante o Natal prestou serviço comunitário em Boston e não pôde ir para casa. Desculpas, desculpas, e mais desculpas. Seu pai parece arrasado. Você evita encará-lo.

— Como foi que isso aconteceu? — sua mãe pergunta, com os olhos marejados. Você não consegue nem olhar para ela.

— Podemos ter esta conversa aqui ou no carro — seu pai sugere. — Paramos o carro aí na frente. O diretor sabe que você vai passar o fim de semana em casa. — Ele belisca os lábios entre o indicador e o polegar. — Isso se não for mais tempo.

— Calma, gente — você diz, mas o olhar da sua mãe a impede de dizer qualquer outra coisa. Você levanta e pega o casaco. — Tudo bem, vamos conversar no carro. — Nunca se sabe quem pode estar na mesa ao lado. Além do mais, ninguém precisa ficar sabendo da sua vida.

— Obrigada, Walter — sua mãe agradece antes de vocês três irem embora. Seu pai troca um aperto de mão com ele, e você nem olha para trás.

↳ Siga para o snapshot #51 (página 198).

SNAPSHOT! #40

Quarta-feira, 17 de outubro, 18h45
Casa dos Lewis

— Paul! O que você está fazendo?

Parece que você jogou um balde de água fria nele, pela cara que ele faz.

— Eu... eu sinto muito! Sinto mesmo! — Completamente sem jeito, ele sai correndo pelo corredor. Você vai atrás e o encontra recostado na pia da cozinha, com o rosto entre as mãos.

Você não pode continuar trabalhando ali. Agora isso ficou claro. Uma linha que nunca deveria ter sido cruzada foi transposta esta noite.

— Paul, é melhor eu pedir demissão — você diz, apesar de odiar a ideia de deixar o Parker. Por outro lado, colocar em risco o casamento dos pais dele não vai lhe trazer nenhum benefício. — Posso ajudar vocês a encontrar outra babá.

Paul solta um gemido.

— Não acredito no que acabei de fazer. Sinto muito. Você é uma criança! Foi totalmente errado. Por favor, me perdoe.

— Tudo bem. Não se preocupe com isso. Só não posso ficar mais.

— Eu entendo.

— Bom, hum, acho melhor eu ir para casa. — Você se sente superdesconfortável parada ali com o Paul, minutos depois de ele ter tentado te beijar. Tudo mudou naquele momento. Agora você sente pena da Brenda Lewis. Ela está fora, tentando ganhar o sustento para sua família, enquanto o marido tenta ficar com a babá!

— Escuta, vamos pagar o mês todo — diz Paul, indo atrás enquanto você apanha o casaco. Dá para perceber que ele está nervoso, com medo que você conte para a esposa dele ou para qualquer outra pessoa. É difícil imaginar o que você viu nele. Não que agora o considere um ogro, mas ele simplesmente não tem nada que a atraia.

— Obrigada — você agradece, com a sensação de que não consegue sair tão rápido quanto desejava. Tomara que vocês encontrem logo uma substituta. Quanto menos tempo tiver que passar com Paul Lewis, melhor. Pelo menos vai rolar um extrazinho, e isso deve ser o suficiente para ir para o Kentucky, na festa da Spider.

↳ Siga para o snapshot #22 (página 103).

SNAPSHOT! #41

**Segunda-feira, 15 de julho, 7h45
East 77th Street com Park Avenue**

Você passa pelo porteiro do seu prédio e se depara com uma linda manhã de sol. O verão não é a época mais indicada para visitar a cidade. Está incrivelmente quente e úmido, paira no ar uma lufada fedorenta de lixo, mas nada disso importa. Você está vivendo um sonho. Seu estágio no *New York Times* está sendo incrível. É uma delícia poder fazer parte disso tudo: da energia que pulsa enquanto a equipe reúne todas as histórias, trabalhando lado a lado na sala de imprensa. Você aprendeu um montão de coisas, e não apenas como Maureen Dowd prefere seu café. O contato com jornalistas tão renomados só serviu para reforçar ainda mais seu desejo de um dia se juntar a eles de verdade, e é emocionante sonhar com a vida que você poderia criar para si mesma.

Você permitiu que os pais da Libby lhe dessem um empurrãozinho. Talvez não tenha sido muito ético — aceitar o suborno — mas, para ser sincera, o verão em Nova York nunca teria acontecido sem a ajuda deles. Eles não apenas ajeitaram o tão cobiçado estágio no *Times* (você é a única aluna de ensino médio no programa), mas também conseguiram emprestado o apartamento de uma amiga íntima da família. Esse estágio no currículo vai abrir as portas para as mais incríveis oportunidades, além de oferecer uma visão muito mais ampla do que é o mundo lá fora.

A verdade é que o suborno deslavado nem era necessário. Nunca lhe passou pela cabeça procurar a polícia. O mistério do que realmente aconteceu naquela noite depois da festa da Libby ainda ronda sua cabeça, exatamente como você sempre imaginou que aconteceria. Quando retornou para o campus depois do fim de semana, você tentou descobrir algo mais. Sua jornalista interior ficou ouriçada, e você ligou para o hospital de Palm Beach, perguntando se alguma indigente tinha dado entrada no fim de semana. Não. Então procurou no jornal por alguma menção sobre o acidente, mas não encontrou nada. Com isso teve de aceitar o fato de que nunca vai saber o que realmente aconteceu.

Você desce para o metrô junto com uma multidão de pessoas. Nova York está no seu sangue agora. Mesmo esta manhã, apesar da leve ressaca (o Walter esteve na cidade na noite anterior e a arrastou para um lugar que serve tapas no East Village), você nunca se sentiu tão feliz. Em menos de uma hora, vai estar sentada em uma baia, recebendo as tarefas do dia enquanto toma um gole do seu segundo café. E tomara que o James esteja sentado ao seu lado.

Sim, tem um James. Você o conheceu no primeiro dia. Aluno do segundo ano da Universidade de Nova York, James McGovern não faz o seu tipo. Primeiro, porque é baixinho: uma cabeça mais alto que você, se muito. E segundo, porque é prepotente, igual ao Ari do *Entourage*, e fala sem parar. Mas é engraçado pacas, inteligente, charmoso, e, além disso, um jornalista ferrenho. Você já aprendeu muito mais com ele do que com qualquer um no jornal da escola. Henry Dearborn é um editor intelectual que gosta de arrancar as melhores histórias da sua equipe, mas o James é um buldogue inconsequente que não aceita "não" como resposta e sempre consegue o que quer. Com a sua franqueza característica, o James deixou claro que estava interessado em você, logo de cara. Você aceitou um convite para um café, depois para um almoço, e finalmente para um encontro sábado à noite. E desde então vocês têm saído juntos direto. Nenhum dos dois fala muito sobre o que vai acontecer quando o outono chegar e você voltar para a Kings. Você não sabe direito o que quer. Mas de uma coisa tem certeza: o James faz parte do seu verão perfeito, ele é grande parte disso, e você adora cada minuto que passa com ele.

Você entra na sala de imprensa, sentindo aquela adrenalina que se tornou familiar correndo pelas suas veias, enquanto escuta os telefones tocando e o murmurinho de vozes. James está ao telefone, mas acena do outro lado da sala e lança aquele sorriso lindo de morrer. Aqui é o seu lugar, e é isso o que importa.

FIM

SNAPSHOT! #42

Sexta-feira, 19 de julho, 9h45
Hope Falls

Você abre a porta do *Hope Falls News*, e uma nuvem de poeira se ergue, refletindo nos primeiros raios de sol. Pelo jeito, você é a primeira a chegar. A Gladys costuma chegar às nove e meia, mas hoje talvez tenha ficado cuidando da netinha. Você caminha até o computador supervelho — isso mesmo, só tem um — e aperta o botão de ligar. Lentamente ele vai despertando enquanto você segue para a copa para preparar um café instantâneo.

Depois de dizer "não" para o suborno do sr. Morgan — um estágio no *New York Times*, livre de aluguel —, você saiu em busca de uma boa oportunidade sozinha. Adivinha? Ninguém retornou suas ligações. Acontece que os grandes jornais não estão interessados em uma estagiária de dezesseis anos. Eles escolhem seus candidatos entre as melhores faculdades e programas de pós-graduação do mundo. E assim você acabou voltando para Hope Falls, escrevendo uma coluna semanal para o jornalzinho da cidade — que não passa de um exemplar xerocado, grampeado e deixado nos mercadinhos, à disposição de quem quiser pegar.

Seu próximo artigo é para o final do dia, e você está atrasada. Trata-se de um ponto de vista muito interessante sobre o novo e polêmico semáforo que foi instalado na esquina da Haven

Avenue com a Moore Street. Não verdade, é tão chato que você nem acredita que está escrevendo isso. Mas talvez essa experiência — de aprender como pegar uma pequena notícia e transformá-la em um artigo interessante e envolvente — possa te ajudar na carreira de jornalista. Com tempo em casa para pensar, você vai voltar para o campus cheia de ideias para o jornal. É um jornal estudantil premiado, mas por que não elevar ainda mais o seu nível, adicionando notícias nacionais e internacionais? Por que não enviar um jornalista para cobrir a próxima convenção presidencial? Por que não tentar ao menos ampliar o alcance do jornal? O orçamento é significativo — afinal estamos falando da Academia Kings — e o número de ex-alunos famosos é impressionante. Então, por que não usufruir mais desses dois requisitos para publicar artigos mais sérios?

Seu estágio de verão em Hope Falls teve um lado bom: serviu para acender uma chama dentro de você, que te animou a fazer coisas novas no ano que vem.

Você não se arrepende de não ter aceitado o suborno do sr. Morgan. Em vez disso, disse a ele que não tinha a menor intenção de ir à polícia. Aceitar a oferta de um estágio cobiçado e um apartamento em Nova York pesou na sua consciência. Talvez ele não estivesse apto a ensinar a própria filha a diferenciar o certo do errado, mas seus pais fizeram um trabalho melhor. Claro que toda vez que lê o *New York Times*, você imagina como teria sido. Mas você sabe que fez a coisa certa e que vai chegar lá por seus próprios méritos.

FIM

SNAPSHOT! #43

Sábado, 20 de abril, 7h07
Casa de barcos da Academia Grafton

— Em três! — berra a timoneira enquanto você e suas companheiras de equipe se abaixam para levantar o barco da água. Vocês acabaram de competir, e vencer, contra a Grafton. — Um, dois, três! — Todas estão com o barco sobre os ombros, e então o levam até o galpão. Seus membros parecem de borracha de tanto cansaço, e mesmo assim você ainda encontra forças para carregar o próprio peso.

— Reunião no estacionamento das vans! — grita a treinadora quando você passa por ela.

Ela deve estar radiante. Vocês venceram todas as regatas de hoje, e a Grafton é um páreo duro. A Kings se qualificou para as nacionais no próximo mês. Você sabe que também deveria estar feliz — as suas companheiras de equipe estão —, mas, ultimamente, só consegue pensar no desafio que é perder peso e na fome que você sente. Quando a Annabel e a Spider pedem pizza, você é obrigada a sair da sala para não atacar o manjar dos deuses de queijo que está dentro da caixa. Você nunca esteve acima do peso, por isso nunca passou pela sua cabeça fazer regime, mas agora você só pensa nisso. Se subir na balança e seu peso não estiver dentro, você vai ser desqualificada para a corrida, e as suas sete companheiras de equipe vão ficar na mão. A treinadora tem a opção de trocar de remadora, mas o desempenho normalmente é prejudicado quando ocorre uma mudança inesperada.

Mais que depressa você veste a calça de agasalho e o moletom que estão dentro da sua mochila e toma um gole d'água. Você se sente como uma atleta acidental. É estranho você ter se comprometido com um esporte de equipe — no começo do ano nem passou pela sua cabeça que isso pudesse acontecer. Sua amiga Ângela se aproxima.

— Estamos indo agora ou vamos esperar até que todas tenham terminado? — você pergunta para ela, arrastando-se até a van.

— Não tenho certeza, mas aposto que vamos agora. — Quando ela ergue os braços para tirar a camiseta térmica, acaba expondo um pouco da barriga tanquinho, e você nota como ela está magra. Isso a preocupa. Ângela vive se exercitando. Toda vez que você entra na casa de barcos para praticar, ela já está lá, se aquecendo no aparelho de remo. A treinadora valoriza a dedicação dela, mas você acha que talvez ela esteja se desgastando muito. Outro dia, você olhou pela janela da livraria da cidade e viu a Ângela passar correndo. Foi no dia em que a equipe treinou de manhã e à tarde — exaustivo para os padrões de qualquer um. Talvez um atleta de elite seja isso. Mesmo assim, você gostaria que um adulto estivesse supervisionando para verificar se está tudo bem.

— O que você vai fazer hoje? — você pergunta para ela. — Tem muita lição de casa?

— Uma pilha. — Ângela olha, desconfiada. — Mas talvez eu dê um pique ou dois no estádio, só para clarear a mente. Está a fim de ir também?

Um pique ou dois no estádio? Tradução: Ângela vai subir e descer a arquibancada do estádio de futebol *dezenas de vezes*. Você fez isso uma vez, com toda a equipe, e quase desmaiou de cansaço. É assim que ela clareia a mente? Você não sabe se fica preocupada ou impressionada, mas está mais para a primeira opção.

— Não, obrigada. A regata foi difícil. Preciso dar um tempo. Você não?

Ângela fica com um pé atrás, como sempre fica quando alguém comenta algo sobre a sua pesada carga de exercícios.

— É, talvez. Boa pedida.

Você não consegue deixar por isso mesmo.

— Acho que você se exercita muito, Ângela.

— Nem tanto. Só estou na vibe hoje, sabe?

— Mas eu te vejo fazendo exercícios sem parar. Você já conversou com a treinadora sobre isso? Pode não ser saudável treinar tanto assim.

— Sou extremamente saudável — ela responde. — Só sou muito competitiva, e quero ser a melhor. — Ela te encara, e por um momento você se sente mal por ter tocado no assunto. Por outro lado, você está muito preocupada com ela.

Mas, antes que você possa dizer algo mais, a treinadora surge do nada e a reunião começa. No caminho de volta para casa, dentro da van, Ângela coloca fones de ouvido e fica olhando pela janela. Seu rosto de perfil parece tenso, os tendões saltam do pescoço sempre que ela se mexe. Ângela é uma das garotas mais ativas que você conhece — ela só tira dez, veste número trinta e seis, e é a melhor remadora da equipe. É também uma pessoa muito gentil, com um temperamento surpreendentemente solidário. Só é muito rígida consigo mesma. Você se pergunta se seus treinos excessivos são mesmo saudáveis, e se a treinadora percebe esse excesso.

↪ Você resolve conversar com a treinadora, para se certificar de que não é a única que está vendo isso. Siga para o snapshot #52 (página 200).

SNAPSHOT ! #44

Quinta-feira, 14 de fevereiro, 19h34
Sala de imprensa do *Grifo*

Henry Dearborn solta um exemplar do *Grifo* sobre a mesa de reunião e sorri, orgulhoso.

— Esse é exatamente o tipo de reportagem que diferencia o nosso jornal das outras publicações estudantis do país. — Os outros membros da equipe aplaudem, fazendo você ficar vermelha. Você ainda está insegura quanto ao artigo que escreveu. Por um lado, viu algo muito ruim acontecendo na marina Hoyt, onde a treinadora permite que uma cultura de exercícios intensos aliados a uma dieta rigorosa se desenvolva entre as suas remadoras. No seu artigo, aparece a seguinte questão: "O que acontece quando se espera que atletas femininas mantenham um determinado peso para estarem aptas a competir?" Elas respondem ao desafio do mesmo modo que os atletas masculinos — remadores e lutadores —, ou isso acarreta um distúrbio alimentar, além de outros fatores relacionados? Claro que, quando iniciou a pesquisa, você encontrou problemas nas várias escolas com equipes de remo. E conseguiu vários remadores famosos para comentar sobre o tema.

Henry a incentivou a escrever o artigo assim que você expôs a sua ideia. Ele parece pensar que você vai se candidatar à editora-chefe o ano que vem, quando ele se formar.

Mas nem todos ficaram felizes com o que você escreveu. A Ângela, por exemplo, não fala e nem olha mais para você. Você tentou se aproximar, mas ela se sentiu traída pelo que você relatou. Talvez seja compreensível. Suas companheiras de equipe também parecem ter ficado enojadas.

— Será que você estava mesmo interessada no remo? — uma garota lhe perguntou. Outra questionou por que você escolheu justamente o pior lado do esporte, exagerando nas proporções.

— Ser um bom jornalista significa estar disposto a perder alguns amigos — disse Henry quando você confidenciou que estava arrasada. — Tudo que você escreveu é cem por cento verdade. Ponto.

As palavras dele ajudaram um pouco, mas não totalmente. Tem manhãs que você acorda, antes de o sol nascer, e pensa naquelas jovens remando no rio escuro. Você se sente ligada a elas de um modo que a surpreende, considerando que só remou por algumas semanas. Mas nunca mais você vai fazer parte do time delas.

FIM

SNAPSHOT! #45

Sexta-feira, 8 de fevereiro, 13h20
Casa Moynihan

— Você colocou as botas de caubói na mala? — pergunta Annabel. Você olha para ela com uma sobrancelha erguida. Ela sabe que seu guarda-roupa é limitado, assim como sabe muito bem que você não tem botas de caubói. — Tudo bem, você precisa levar estas — diz ela, segurando um par de botas incríveis. Com jeitão de velhas no ponto certo e um pespontado maravilhoso. — Não vou poder ir à festa da Spider, o que parte meu coração, mas pelo menos as minhas botas podem ir e se divertir muito. — Desta vez, você não contesta a generosidade dela. Apenas agradece e coloca as botas dentro da mala.

— Eu queria tanto que você fosse! — Você se joga na cama, dando um tempo no preparo da mala.

— Eu também — diz Annabel, tristonha. — Você não imagina como o meu fim de semana vai ser chato em Maine. Mas não tem como eu não ir.

— Eu sei. A Spider também entende.

— Tenho a sensação de que não fiz nada de divertido este ano.

— Do que você está falando? Você foi para Roma, passou o Ano-Novo em Moscou...

— Eu sei, eu sei. Sou uma chata por estar sendo tão ingrata. Mas tenho a sensação de que o tempo todo eu fiquei só com o Brooks. Não tive um momento de diversão nem com você, nem com a Spider, nem com qualquer outra amiga. Não tem um meio-termo. Parece que ele não entende que eu *preciso* de um meio-termo.

Pelo jeito, sua melhor amiga não está tão feliz com o namoro como estava no começo.

— Você já falou com ele sobre isso?

— O tempo todo, mas parece que ele não entende. — Ela senta na poltrona de veludo lilás que fica no seu lado do quarto. Sua única contribuição com a decoração, um achado em uma feira de antiguidades, que você mesma revestiu no verão passado, inspirada em um programa de decoração. — Esquece. Ele é ótimo. Só estou cansada. A semana foi longa, sabe?

— Todas as semanas este ano têm sido longas — você comenta. Você odeia ser tão negativa, mas é assim que se sente. Ainda bem que vai poder descansar durante o fim de semana no Kentucky. Você está precisando desesperadamente.

— Sabe o que escutei no café da manhã? Que uma das meninas da Pi Ípsilon saiu da escola esta semana. Pelo jeito, a Oona judiou mesmo das candidatas a membro este ano, e essa garota não aguentou o tranco. Dizem que os pais dela querem que a Oona seja expulsa.

Você se lembra da garota que viu na ruazinha, em setembro.

— Você sabe o nome da menina?

— Hum, Susannah White. Por quê?

Você pega da estante o álbum dos alunos do primeiro ano e procura por Susannah White. Não resta dúvida, uma versão sorridente da menina que estava na rua olha de volta para você.

— Cara! — você exclama, esbaforida. A lembrança dela chorando te perseguiu enquanto você voltava para casa aquela noite, mas mesmo assim você não parou para ajudar. Desde então, você tenta esquecer o incidente. Quando ele invade seus pensamentos, você lembra que a garota foi responsável pelos seus próprios atos e escolhas — ninguém a forçou a pedir para entrar na sociedade secreta da Oona, e não era sua função andar por aí bancando a super-heroína. No entanto, você nunca se sentiu muito segura quanto à escolha que fez. E, quando ficou sabendo que as coisas pioraram ainda mais para a pobre garota, você se sentiu ainda mais culpada.

— A Oona de Campos é uma praga — você diz enfaticamente. — A Academia Kings seria bem melhor sem ela. Espero que a diretoria a expulse por isso. Vi o que ela fez com aquela garota, numa noite. A menina foi abandonada só com a roupa de baixo em uma ruazinha, do outro lado da cidade. — Você sente nojo só de lembrar. — Não acredito que passei direto por algo como aquilo. Eu vi a pobre garota e sabia o que estava acontecendo, mas fui muito medrosa e egoísta para fazer a coisa certa.

— Isso não é do seu feitio — diz Annabel.

— Mas foi o que eu fiz. Não dei bola.

Annabel inclina a cabeça para o lado, pensativa.

— Sabe de uma coisa, você poderia ligar para o diretor e contar tudo que viu. Apoiar os pais da garota, fazer com que a Oona pague pelo que fez.

Assim que ela diz isso, você sente algo se desmanchando por dentro. Claro, é isso que você vai fazer. Seria melhor se tivesse feito a coisa certa na época, mas nunca é tarde. Você vai telefonar para o diretor na segunda-feira, depois que tiver voltado da festa da Spider. Dá medo bater de frente com a Oona — é o mesmo que enfrentar um mafioso. Mas você tem que fazer as pazes com a sua consciência e agradece a sugestão da Annabel.

— Ótimo. Agora que está tudo certo, é melhor você terminar de fazer a mala — diz ela. — Você está levando um chapéu de caubói?

— Eu não tinha pensado nisso.

— Leva o meú! Vai ficar demais em você.

Verdade seja dita: você tem sorte de ter uma amiga como a Annabel. Não só porque ela te incentiva a fazer a coisa certa, mas porque ela sempre faz com que você fique bem no pedaço.

— Obrigada, Annabel — você agradece, e coloca o chapéu na cabeça. Agora está na hora de me divertir um pouco.

↳ Siga para o snapshot #22 (página 103).

SNAPSHOT! #46

Sábado, 8 de junho, 10 horas
Lanchonete Glory Days

É dia da formatura, e você está espremida em um sofá na Glory Days com a Spider, a Libby e o Walter, que, muito fofos, fizeram questão de sair para comemorar com panquecas depois do anúncio de que você seria a nova editora-chefe do *Grifo*. A Annabel não veio, claro, como fez o ano todo. Ela te cumprimentou friamente no quarto mesmo. Desde que começou a namorar o Henry, ficou claro que você deixou de ser a companheira favorita dela — ela faz de tudo para te evitar. Esta manhã, alegou que estava muito ocupada fazendo as malas e por isso não poderia ir à lanchonete.

Mas as suas outras amigas ficaram muito felizes com a notícia. Até a Libby pareceu ter gostado do seu novo status no jornal.

— À nova editora-chefe! — brinda Walter, erguendo uma xícara de café. Foi ótimo tê-lo de volta este semestre, mesmo que ele também tenha parecido um pouco desapontado com seu novo relacionamento com o Henry.

Henry. Ele foi a melhor coisa que aconteceu a você este ano e isso a deixou mais feliz do que nunca.

— Claro que você foi escolhida — ele disse quando saíram os resultados, ontem. — Você é a melhor jornalista da equipe. Todos sabiam disso desde o começo. — Você adora poder contar com o apoio dele. A verdade é que ter o Henry por perto lhe deu muito mais confiança como redatora. A entrevista que você fez com Sara Moncler ganhou um prêmio da Associação de Imprensa Estudantil Nacional. Se alguém insinuou que você roubou o artigo da Carrie, então fez isso pelas costas. Claro que você sabe que contou com um empurrãozinho por ser namorada do Henry. Sabe-se lá quanto nepotismo rolou em prol do seu sucesso no jornal, e até sua escolha como editora-chefe. Você é grata pela vantagem, mas às vezes gostaria de poder dizer que tudo isso é fruto do seu esforço.

Henry é o seu maior fã. Você não se imagina voando sozinha no próximo ano, quando ele estiver na Universidade de Columbia. Vocês planejam continuar o namoro de longe, mas você sabe que ele não vai ter tempo de te ajudar em todas as pequenas e grandes decisões que rolam em um jornal. Você vai sentir muita saudade dele. Esse foi seu primeiro namoro de verdade, e você cresceu muito com isso. Você não quer perder o Henry, e vai fazer tudo que estiver ao seu alcance para continuar perto dele no próximo ano. Felizmente, ele parece sentir o mesmo. Mas os dois sabem como e o quão rápido as coisas podem mudar.

FIM

SNAPSHOT! #47

Domingo, 20 de janeiro, 10h22
Hope Falls

— Mãe, prometo que vou pegar leve. — Você joga um jeans dentro da mala e volta para o guarda-roupa. Não há muito o que levar, pois você foi embora da escola tão subitamente que nem deu tempo de pegar muita coisa.

— Você vai para a cama às onze todas as noites, não importa quanta lição tenha para fazer. O médico disse que noites maldormidas afetam o sistema imunológico.

— Eu prometo.

Você está em casa há quatro semanas, se recuperando de uma mononucleose. Seus pais estão preocupados em deixar você voltar para a Kings, o que é compreensível. Afinal, eles viram o que o primeiro semestre fez com a sua saúde. Durante as duas primeiras semanas em casa, você não conseguia sair da cama. Sua mãe tirou uma licença no trabalho, pois você não tinha forças nem para andar sozinha pela casa. O que começou como um cansaço sério rapidamente se transformou em uma doença terrível. Sua garganta inchou e doía tanto que mal dava para comer. Você está começando a se sentir viva novamente — bem a tempo de voltar para a escola, no segundo semestre.

O diretor Fredericks ajudou muito. Você perdeu o início das aulas, mas ele deixou que você fizesse os trabalhos em casa. Você até pôde assistir às aulas no seu computador, pois a Kings providenciou que todas fossem filmadas e enviadas. Você se esforçou bastante. Talvez o diretor sentiu que a escola teve uma participação no seu apagão, ou talvez ele só ficou com pena mesmo, mas, milagrosamente, você está em pé novamente. Assim como seus pais, também está um pouco ansiosa com o retorno à escola. Você foi criada para dar o melhor de si, mas na Kings isso significa estudar dia e noite. É extremamente desgastante.

Seu pai entra no quarto, trazendo uma xícara de chá.

— A casa vai ficar muito quieta sem você.

— Você diz isso como se fosse algo ruim — você brinca, apesar do aperto no coração. Está mais difícil ir embora agora do que foi no começo do ano, ou até quando você partiu para estudar em um colégio interno pela primeira vez. Você se sente mais vulnerável agora. Enquanto fecha o zíper da mochila, você olha ao redor do seu quarto de infância para ver se não esqueceu nada importante. Seus olhos passam por uma foto do seu grupo de bandeirante, do qual sua mãe era a líder, e os troféus que você ganhou jogando softbol no time que seu pai era o treinador. Só de estar no seu quarto já faz com que você se sinta mais confortável e segura. E partir é como mergulhar em águas geladas.

— Você está pronta? — sua mãe pergunta, virando o rosto para esconder os olhos marejados. — Vamos, ursinha.

Seu pai pega a mochila, e você se força a tomar o rumo da porta. As coisas não precisam ser como foram no primeiro semestre, você diz para si mesma. Você só precisa assumir o controle da sua vida e criar o equilíbrio necessário. Talvez com isso acabe desapontando alguns professores ao longo do caminho, talvez não entre na lista dos melhores alunos, mas vai manter sua saúde em dia — e isso é o mais importante.

FIM

SNAPSHOT! #48

Sexta-feira, 28 de setembro, 16h15
No pátio

— Não acredito nisso — diz Spider enquanto espia pela janela da saleta do seu quarto. Vocês observam o Rolls-Royce preto indo embora, levando Oona. Expulsa. Não demorou muito para o Fredericks tomar a decisão depois que você, a Annabel e a Susannah levaram ao conhecimento dele tudo sobre o comportamento da Oona. A Susannah forneceu detalhes sobre o processo de ingresso na Pi Ípsilon, acabando de vez com a sociedade secreta *e* expulsando a Oona da escola. Veio à tona que ela já estava sendo vigiada, portanto essa história foi a gota d'água.

— *Ding-dong*! A bruxa morreu — cantarola Annabel.

Assim como suas amigas, você está feliz com a partida da Oona. Ela atormentou a vida de muitas pessoas na Kings, e é boa a sensação de ter ajudado a acabar com o seu reinado de terror. Mas uma parte dentro de você sempre vai ter medo de cruzar com ela novamente. Não resta dúvida de que a Oona vai guardar rancor das três garotas responsáveis pela expulsão dela. Você sente que fez a coisa certa, apesar de não ter sido fácil levá-la à justiça.

Seu celular apita para avisar que entrou uma nova mensagem, e você dá uma olhada na tela. É de um número desconhecido. E diz o seguinte:

> Pi Ípsilon para sempre:
> Imbatível, livre e potente.
> E aqueles que no meu caminho ousarem cruzar
> Enforcados e amaldiçoados podem esperar.

Você olha ao redor da sala. Annabel também recebeu uma mensagem, e não consegue conter o medo quando a lê. Seus olhares se cruzam, e uma pergunta não dita passa pela cabeça de vocês: *O que foi que nós fizemos?* Mas isso só o tempo vai dizer.

FIM

SNAPSHOT! #49

Domingo, 16 de dezembro, 11h02
No escritório do sr. Morgan

— A Libby disse que você escreve para o *Grifo*. É isso que vai querer fazer quando estiver mais velha? Uma bela profissão, o jornalismo. — O sr. Morgan senta em sua cadeira de couro e olha atentamente para você, que está parada à porta, mudando desconfortavelmente o peso do corpo de uma perna a outra. — Sente-se, por favor. Meu colega de quarto na Princeton trabalha para o *Times*. A Libby já mencionou isso alguma vez?

— Hum, não, nunca. — Você está confusa. Por que o sr. Morgan te chamou para conversar no escritório dele? O homem acabou de ficar sabendo que a filha talvez esteja envolvida em um atropelamento do qual fugiu sem prestar socorro na noite passada. Por que, minutos depois, ele está falando com você sobre seus interesses profissionais e o colega de quarto dele? Não é para menos que você não entende a Libby. A família inteira dela é meio estranha.

— Eu adoraria ligar para o Trip e interceder a seu favor. Tenho certeza que ele pode arrumar um estágio para o verão, se você estiver interessada.

— O quê?

— Claro, passar o verão em Nova York não é muito caro, mas não posso prometer que o estágio no *Times* seja bem remunerado. Mas por que não perguntar para os Hazelton se o apartamento deles na Setenta e sete com a Park não vai estar vazio para você usar? Seria um lugar bacana para passar o verão, o que me diz?

Leva algum tempo para registrar o que está acontecendo. O sr. Morgan está tentando te subornar. Ele deve estar com receio de que você abra o bico sobre o incidente da noite passada e com isso acabe envolvendo a filha dele na confusão. Por um momento, você fica emudecida. Em vez de tentar entender o que aconteceu de fato, a prioridade dele é garantir que ninguém mais fique sabendo.

Você não tinha nenhuma intenção de dedurar o grupo para a polícia. Isso nem tinha passado pela sua cabeça. Você só pensou em voz alta se seus amigos não deveriam falar com os pais deles. Mas agora percebe que os pais da Libby têm menos pontos incomuns com os seus pais do que você imaginou. Os seus pais iriam querer saber a fundo o que aconteceu de fato, telefonariam para os hospitais para verificar se alguém tinha se ferido. Mas o sr. Morgan só quer passar uma borracha em tudo.

— Pense um pouco a respeito — diz o sr. Morgan, as bochechas bronzeadas se esticando em um sorriso melancólico. Ele se levanta. Pelo jeito, a conversa acabou. Ainda atordoada, você fica em pé e segue em direção à porta. — Seria uma ótima oportunidade para uma jovem brilhante como você. E tenho certeza que o Trip vai ficar muito feliz em ajudar. Como eu disse, somos velhos amigos. De longa data. — O sr. Morgan ri de alguma lembrança não compartilhada. — O que seria de nós sem os nossos amigos, não é?

Você está a fim de...

→ aceitar o suborno. Que era desnecessário, uma vez que você não tinha nenhuma intenção de ir à polícia — mas por que não aceitar um estágio incrível e um apartamento em Nova York, se é isso que ele está te oferecendo? Siga para o snapshot #41 (página 170).

OU

→ assegurar ao sr. Morgan que você não tem nenhuma intenção de dizer nada para ninguém sobre a filha dele, e que você não precisa de ajuda com seus planos de verão. Não é assim que você quer chegar lá. Siga para o snapshot #42 (página 173).

SNAPSHOT! #50

Sexta-feira, 21 de dezembro, 17h34
Casa Moynihan

— Eu gostaria que você pudesse vir com a gente — diz Annabel novamente, cruzando do seu armário para a cama com uma pilha de suéteres de cashmere. Ela acomoda cuidadosamente cada um na mala que está fazendo para sua viagem a Moscou com o Brooks e os amigos dele. — Temos lugar para ficar, e a passagem de avião é por minha conta, como se fosse o meu presente de Natal para você.

— Comprei um lenço para te dar de presente. — Você ri. — O que não é exatamente uma passagem de avião para a Rússia.

— Não pense por esse lado!

Mas não é o preço da passagem que está te segurando. Você precisa ir para casa e ficar com seus pais. As duas últimas semanas foram as mais duras e tristes da sua vida, quando você caiu na real e percebeu que o namoro com o Sam tinha acabado.

— Obrigada, querida, mas eu não seria uma boa companhia. — Na última noite do ano, você quer sentar entre a sua mãe e o seu pai no sofá, como sempre. Assistir à Bola da Times Square e depois ir para a cama. Só que este ano você vai fazer tudo isso com o coração partido.

Você não vê o Sam desde aquela noite em que ele saiu correndo da lanchonete. Nem ouviu mais a sua voz. Ele se fechou completamente — enviou apenas uma mensagem sucinta, dizendo: "Acho melhor a gente dar um tempo. Te desejo um Feliz Natal". Você leu a mensagem repetidas vezes, tentando encontrar um fio de esperança de que o relacionamento pudesse se salvar. Mas, à medida que os dias passavam sem nenhum sinal, suas esperanças foram se desfazendo. Para piorar a situação, a sra. Morales encontrou com você no refeitório na semana passada e contou que o Sam não tem mais certeza se quer ir para a Kings no ano que vem. Com lágrimas nos olhos, ela implorou que você falasse com ele.

— Tenho tentado — você disse para ela. Como ele pode ser tão teimoso? Se ofender com tanta facilidade? Estava na cara que a sra. Morales compartilhava da mesma frustração e preocupação que você.

— Ele é mais parecido com o pai do que eu imaginava — disse ela, balançando a cabeça.

Annabel te dá um abraço de despedida, te trazendo de volta para o presente.

— Se cuida. Depois do feriado vou te apresentar alguns amigos do Brooks que estudam na Exeter. Você vai amá-los, sério. — Annabel veste o casaco forrado de pele e pega a mala. — Às vezes o único remédio para um coração partido é um novo amor. Confia em mim, eu entendo desse assunto.

Você sabe que ela está falando sobre a experiência que teve com o Henry. E provavelmente ela está certa. Mas você não suporta a ideia de ficar com qualquer outra pessoa que não seja o Sam. Talvez isso mude, mas por enquanto é assim que você enxerga as coisas.

— Você é uma ótima amiga. Feliz Natal, Annabel, e divirta-se muito na Rússia.

Ela fecha a trava da mala e te dá um abraço apertado.

— Você também. Te amo.

Um minuto depois, ela se foi, deixando um rastro de perfume de rosas, sua marca registrada. O alojamento está totalmente silencioso, e você se sente mais sozinha do que nunca. Você pega o celular para ler mais uma vez a mensagem do Sam. Isso é tudo que restou dele, por mais patético que pareça.

Ao longo das duas últimas semanas, você se sentiu profundamente magoada, brava e triste. Em um curto espaço de tempo, experimentou uma avalanche de emoções dolorosas como nunca tinha experimentando em toda a sua vida. Tudo por causa de um cara que você nem sabia que existia, dois meses atrás. Agora, jogada no sofá da sala, você se permite chorar mais uma vez, sentindo as lágrimas rolarem pelas suas bochechas e pingarem do queixo. Por que dói tanto? Por que você não consegue sair dessa?

Casa. Você precisa ir para casa. Seu ônibus parte daqui a poucas horas, mas é melhor esperar na rodoviária lotada em vez de ficar mais tempo sozinha. Você pega sua mochila feita às pressas e vai embora. Depois de trancar a porta, você encontra o Sam parado no corredor.

— O que você está fazendo aqui? — você mal consegue falar; seu coração veio parar na garganta.

— Oi! — ele diz, enfiando as mãos no bolso do casaco. — Eu queria te ver antes que você fosse embora.

— Bom, você chegou em cima da hora. — Sua vontade é de gritar com ele, mas você faz de tudo para controlar o tom de voz.

— Desculpa — ele diz, tentando se aproximar. — Você deve estar me odiando.

— Eu não te odeio.

— Tenho agido como um completo idiota.

Pausa.

— Bom... sim. — A dor do abandono te atinge novamente e você sente os olhos se enchendo de lágrimas. *Não chora*, diz para si mesma. — Gostei de verdade de você, Sam.

Ele baixa os olhos para o chão.

— Passado?

— Como posso gostar de alguém que não retorna as minhas ligações? Que me dá um fora do nada? — As emoções explodem agora, e sua voz está trêmula. — Nunca fui tão magoada como dessa vez.

Sam apenas assente.

— Fui muito injusto.

— Sim. Foi uma reação exagerada.

— Sinto muito. Eu... eu não sei, fiquei pirado. E depois tão envergonhado e confuso para consertar tudo o que eu fiz. Simplesmente deixei os dias passarem, me sentindo cada vez pior pelo modo como te tratei. Passei as duas últimas semanas da minha vida agindo como o meu pai, e odiei isso.

— E a coitada da sua mãe? Ela me contou que você não sabe se vai ou não para a Kings. Ela está arrasada por isso, Sam.

Sam enfia a mão dentro da mochila e tira uma carta.

— Fui aprovado. Bolsa de estudos integral também. Vou me matricular.

Você é tomada por uma onda de alívio. Por mais estranho que pareça, essa era a parte que mais te preocupava — a ideia de que Sam pudesse desperdiçar uma oportunidade dessas.

— Eu nunca tive uma namorada antes — ele diz, olhando no fundo dos meus olhos. — Para dizer a verdade, nem muitos amigos chegados. Depois que o meu pai se foi, tem sido só a minha mãe e eu. Mas então eu te conheci, e de repente senti que tudo estava mudando muito rápido.

— Saquei — você diz, se sentindo um pouco mais aliviada por dentro, pois percebe como isso está sendo difícil para ele.

— Acho que, quando conheci a Libby, eu estava meio que procurando uma desculpa. Uma desculpa para me afastar de você e voltar para a minha zona de conforto. Mas, quando consegui voltar para lá, já não era mais como antes. Senti muita saudade de você.

Você enxuga as lágrimas.

— Eu também senti muita saudade.

— Sinto muito. Espero que me dê uma chance de acertar as coisas. — Vocês estão tão próximos que praticamente se tocam. Antes que consiga se segurar, você o abraça.

— Vou tentar. — Você o ama o suficiente para tentar novamente. Mas, se ele te magoar outra vez, então acabou. O relacionamento está em período de experiência, e aquela loucura inicial do começo foi substituída por outro sentimento — uma felicidade mais contida, uma alegria mais cautelosa. Você está feliz em tê-lo de volta na sua vida, pois acha que existe algo especial entre vocês, mas uma parte dentro de você sempre vai ficar em dúvida por quanto tempo mais ele vai continuar. Enquanto ele te beija, você toma cuidado para não mergulhar nessa de cabeça.

FIM

SNAPSHOT! #51

Domingo, 10 de fevereiro, 14h30
No pátio

Walter termina de moldar a cabeça do boneco de neve e a coloca sobre o corpo. Então tira um cachecol e um gorro de dentro da mochila. Você pega uma cenoura, surrupiada do refeitório, e duas pedras pretas que encontrou no pátio. O boneco de neve está pronto, e vocês dois se afastam para admirar o trabalho.

Se fosse antes, você estaria louquinha para terminar seu trabalho de inglês. Mas você mudou, e essa nova pessoa que sobreviveu à experiência infernal do primeiro semestre entende que aproveitar esses lindos flocos de neve caindo na companhia do seu melhor amigo é igualmente importante. Não, considere isso *mais* importante. Você aprendeu a lição do modo mais difícil, e daqui em diante vai lutar para manter sob controle a pressão da escola.

Já faz uma semana que você voltou para o campus. Agora seus pais telefonam todos os dias para ver como estão as coisas. O diretor Fredericks não pegou muito pesado quando ficou sabendo sobre o seu uso abusivo de Adderall no último semestre, talvez em parte porque você mesma tenha tomado a iniciativa de abordar o assunto com a escola. Você teve que prestar um monte de serviços comunitários, e está sob observação, é claro. E terá que passar por acompanhamento profissional pelo resto do ano letivo. Mas você não se importa, sério — o psicólogo é superlegal. E é bom poder falar com alguém sobre os seus sentimentos.

Acima de tudo, essa experiência a ensinou a pegar mais leve consigo mesma. Talvez você não tire só dez, talvez tenha dias em que não consiga terminar toda a lição, mas a sua saúde é mais importante.

O Walter tem ajudado. Assim que você refletiu melhor, você conseguiu enxergar que ele telefonou para os seus pais porque se preocupa com o seu bem-estar. Você sabe que a Annabel e a Spider também se preocupam, mas das duas uma: ou elas estavam em processo de negação ou não tinham coragem de tomar uma atitude drástica para te ajudar. O Walter sabia que estava arriscando a amizade de vocês, mas o mais importante para ele era que você recebesse a ajuda necessária.

— As minhas mãos estão congelando — você diz para ele. — Vamos pegar um chocolate quente no refeitório? Acho que ainda dá tempo antes de fechar.

Ele envolve as suas mãos entre as dele para aquecê-las, e você sente um leve tremor. Talvez exista mais do que amizade entre vocês, mas você não está com pressa de descobrir. Tudo que mais quer é aproveitar cada momento sem se preocupar aonde isso vai dar. O trabalho pode esperar, mas a sua felicidade, não. Essa foi a lição que você aprendeu, e que não vai esquecer tão facilmente.

FIM

SNAPSHOT! #52

Terça-feira, 23 de abril, 15h05
Marina Hoyt

— A Ângela é uma campeã — diz a treinadora, olhando para o relógio que está pendurado na parede às suas costas para deixar claro que você a está fazendo perder tempo. — Ela se dedica de corpo e alma ao time, e está comprometida para ser a melhor.

Você engole em seco.

— Claro. Ela é uma atleta incrível, uma ótima companheira de equipe, mas... será que ela não tem treinado demais? Pelo que eu entendi — você conversou sobre isso com as outras garotas, e tudo que elas contaram só serviu para reforçar ainda mais as suas preocupações —, a Ângela tem corrido de dez a onze quilômetros por dia depois dos treinos e ainda faz exercícios antes de os barcos irem para a água. Só estou preocupada que ela esteja exagerando.

A treinadora te olha de um jeito indecifrável.

— A Ângela deveria servir de inspiração para você. Ela está se esforçando para atingir seu nível ideal. Francamente, eu gostaria de ter mais garotas como ela nesta equipe.

Você está surpresa com a reação. A treinadora foi uma campeã — é uma ex-atleta olímpica — e sabe o que é preciso fazer para chegar ao topo. Mas a Ângela tem apenas quinze anos. E está sendo mal orientada. Independentemente do ponto de vista da treinadora, você *sabe* que sua amiga está precisando de ajuda.

— Acho que eu não me enquadro nessa equipe — você diz para ela. Há semanas você vem se sentindo cada vez mais desconfortável com a pesagem semanal e com a pressão constante para monitorar a sua ingestão calórica. E agora, vendo o quão pouco a treinadora se importa com a saúde da Ângela, você se sente impulsionada a tomar uma decisão crucial. — Sinto muito, mas vou me afastar do remo.

— Isso não é para qualquer um — diz a treinadora com um encolher de ombros. Então você pega as suas coisas e vai embora.

De volta ao alojamento, você conta tudo para a Annabel.

— Pelo jeito a Ângela tem compulsão por exercícios físicos — comenta Annabel. — Que horror a treinadora não estar nem aí. Acho que você deveria falar com o Fredericks.

— O diretor?

— Eu falaria. Você não precisa citar o nome da Ângela. Mas ele deveria saber o que acontece na marina.

Você analisa o conselho. Seria muita intromissão, e talvez não haja motivos para preocupação. Mas você não vai descansar enquanto souber que a Ângela continua exigindo tanto do próprio corpo. O Fredericks sempre se mostrou um homem razoável e um bom conselheiro. Você vai marcar um horário para falar com ele na semana que vem.

— Sabe o que estou muito a fim de fazer agora? — você pergunta para sua amiga de quarto.

Annabel olha incerta, antes de ler seus pensamentos. Em seguida pega o telefone.

— Queijo extra?

Você sorri.

— Vou ligar pra Spider.

FIM

SNAPSHOT! #53

Domingo, 9 de dezembro, 17h15
Lanchonete Glory Days

— Você está completamente louco — você diz para o Sam entre uma garfada e outra de torta de morango, a especialidade da Glory Days. — Sorvete de pistache é uma aberração. Nem deveria existir. Por que um ser humano em sã consciência iria pedir sorvete de pistache quando existem sabores como chocolate e baunilha no mesmo cardápio?

— Porque é *demais*. — Sam pega uma colherada do sundae verde, derretendo. — E você saberia se experimentasse.

— Não quero estragar meu paladar. Essa torta está muito boa.

Vocês acabaram de ter uma tarde de domingo extremamente agradável. Já estão juntos há quase três meses, e agora é oficial: você está apaixonada, e o Sam parece sentir a mesma coisa. A química que rola entre vocês é para lá de especial. É o maior sacrifício conseguir manter as mãos longe dele e ficar no seu lado do sofá. Você pode ser você mesma com o Sam. E seus pais o adoraram — eles se conheceram algumas semanas atrás, durante uma visita ao campus.

E ainda tem mais: o Sam resolveu se inscrever para a Kings o ano que vem! Você tem certeza de que ele também vai ser aceito. Ele é um ótimo aluno, e sua mãe trabalha na escola desde que ele era pequenininho. Você mal pode esperar para ele receber a carta de admissão, que deve chegar dentro de alguns dias.

— Oi, pessoal! — Sam acena, e você vira para ver quem está entrando na lanchonete. São Annabel e Brooks. A Libby vem logo atrás. Assim que vê a Libby, você fica nervosa. A Annabel, é claro, já esteve várias vezes com o Sam, e eles se deram superbem. Até o Brooks, que é um pouco metidinho, o recebeu bem. Mas você não estava com nem um pouco de pressa de apresentar seu novo namorado para a Libby. Nunca se sabe que tipo de comentário esnobe e ridículo ela é capaz de fazer. Resumindo, o Sam não vai entender por que você é amiga dela. Às vezes nem você sabe direito o motivo.

Enquanto o trio se acomoda, você não pode deixar de notar a diferença entre a aparência do namorado da Annabel e a do seu. O Brooks veste um casaco de pelo de camelo sobre um suéter de cashmere verde-musgo, e está parecendo um modelo do catálogo da *Brooks Brothers*. O Sam, um casaco de capuz forrado de lã e uma camisa velha de flanela. As botas do Brooks são de camurça italiana; as do Sam são botas pesadas de operário. Pessoalmente, você prefere o estilo relaxado do Sam à perfeição sofisticada do Brooks. Você não combinaria com um cara desses. Mesmo assim, fica arrepiada quando a Libby dá uma medida geral no seu namorado. E percebe o sorrisinho afetado quando os dois trocam um aperto de mão.

— O famoso Sam — diz Libby, depois que todos já se acomodaram ao redor da mesa. — Eu estava começando a achar que você não existia!

— Prazer, Libby — diz Sam.

A Annabel, o Brooks e a Libby acabaram de vir do cinema — pelo jeito, a Libby não se importa de segurar vela —, e o grupo engata num papo sobre os ridículos efeitos especiais. Depois, seguem falando sobre as provas e qual professor foi mais rígido esse ano. É um alívio a conversa girar em torno de temas normais sobre os quais qualquer aluno de ensino médio falaria. Não as bobagens do outro mundo que a Libby costuma colocar na roda...

— Quais os planos de vocês para o Ano-Novo? — Libby pergunta. — Annie, vocês ainda estão pensando em ir ver os fogos em Moscou?

— Ainda não temos certeza. Estamos pensando. — Annabel parece estar um pouco desconfortável em discutir seus planos vips. Ela nasceu com o chip da sensibilidade, ao contrário da Libby.

— Estamos? — Brooks indaga, confuso. — Achei que o seu agente de viagem já tinha cuidado das passagens na semana passada.

— A Praça Vermelha deve ser incrível — diz Sam, sorrindo para Annabel. — Mas muito fria, eu imagino.

Brooks balança a cabeça.

— Ah, mas não vamos estar na Praça Vermelha à meia-noite. Faz muito frio, e ela fica muito cheia. É pior que a Times Square. Vamos esperar a entrada do Ano-Novo com alguns amigos em um clube privé. — Claro que sim. Você não consegue imaginar o Brooks metido em uma parca, bebendo champanhe no meio do povo.

— A menos que eu o convença a mudar de ideia — diz Annabel, dando uma discreta cotovelada no namorado.

— E vocês dois? O que vão fazer? — pergunta Libby, seus frios olhos azuis pousando em você e no Sam. — Algum plano divertido?

Você torce de leve o nariz. Claro que vocês dois não têm nenhum plano VIP para a noite da virada. Você vai passar como sempre passou: sentada no sofá, entre a sua mãe e o seu pai, vendo a Bola da Times Square, com as migalhas do brownie de chocolate que a sua mãe fez em um prato à sua frente. Antes de entrar na Kings você nunca tinha pensado duas vezes sobre o seu Ano-Novo de baixo custo, que fica para lá de sem graça se comparado aos planos chiquérrimos dos seus amiguinhos de escola.

— Acho que este ano vou passar em casa mesmo — você responde, deixando vagamente implícito que há uma opção envolvida. — Preciso dar um tempo. Vai ser bom só relaxar um pouco.

Libby revira os olhos.

— Você é muito chata. Primeiro diz que não pode ir na minha festa no próximo fim de semana porque precisa estudar. E agora fala que vai comemorar o Ano-Novo com os seus pais? — Ela finge bufar. — E você, Sam? Por favor, diz que vai fazer alguma coisa um pouco mais legal.

Sam encara Libby; dá para perceber que ele já está formando uma péssima impressão da sua amiga.

— Minha mãe e eu seguimos algumas tradições mexicanas, como comer doze uvas à meia-noite, fazendo um desejo de cada vez. Recebemos um monte de amigos e familiares na nossa casa, e eles ficam lá até de madrugada. A coisa pega fogo.

— Isso parece muito divertido — diz Annabel com sinceridade. A fisionomia de Brooks permanece indiferente, como sempre. Você tem a impressão de que ele nem escuta direito quando a conversa não o envolve diretamente. Libby só pisca enquanto tenta pensar em uma resposta apropriada. O que, é claro, não consegue.

— Eu não sabia que você é mexicano — ela diz, com um sorriso exagerado. — A nossa empregada também é!

— É mesmo? — indaga Sam de modo seco.

— Ela é uma fofa. Trabalha para nós desde que nasci. É como se fosse da família. — Libby sorri com se tivesse provado um ponto muito importante. Você nunca se sentiu mais desconfortável em toda a sua vida.

— De que cidade do México ela é? — pergunta Sam.

Libby parece confusa.

— Hum, não sei direito.

— Nunca perguntou?

Subitamente, Libby parece irritada, como se uma nuvem negra passasse pelo seu rosto.

— Simplesmente não consigo me lembrar de cabeça e pronto.

— Sei, sei — diz Sam. Isso te impressiona, pois, ao contrário de você, ele não está nem um pingo disposto a dar corda para a mentirinha da Libby. Mas, por outro lado, você queria muito que um buraco se abrisse no chão e você fosse engolida por ele.

— A família é grande? Ela tem filhos?

— S-sim — diz Libby, mostrando incerteza quanto a esse quesito básico.

— Então, Sam, quando você vai receber a resposta da Kings se foi aceito ou não? — pergunta Annabel, louca para mudar de assunto. Se existe uma pessoa que odeia uma situação desconfortável mais do que você, essa pessoa é a Annabel.

— Qual é o seu problema? — pergunta Libby, encarando Sam e se recusando a deixar para lá. Pelo jeito, ele conseguiu apertar em cheio o botão vermelho. — Só porque eu não sei o nome da vila de pescadores onde a Maria nasceu isso não significa...

— Desculpa? Só perguntei porque você disse que ela era como *da família*.

Libby levanta, com o rosto vermelho de raiva.

— Você é muito grosso, sabia?

Opa! De repente a cena ganhou proporções gigantescas, com Sam e Libby praticamente gritando um com o outro sobre a mesa.

Até o Brooks começa a prestar atenção. A Annabel parece tão horrorizada quanto você, completamente fora da sua zona de conforto. Você tenta interromper, parar a gritaria, mas o Sam e a Libby não escutam uma palavra que você fala. O Sam resolveu bater o pé e não parece nem um pouco preocupado por brigar com alguém que você acabou de apresentar como sua amiga. Você concorda com ele — afinal, você nunca gostou muito da Libby mesmo —, mas seria bom se ele deixasse isso para lá. Será que ele precisa mesmo transformar essa conversa numa guerra?

— Chega, pessoal, calma — diz Brooks com sua voz grave, parecendo mais com um pai de cinquenta anos que com um aluno do último ano do ensino médio. — Não tem motivo para tanta agitação!

Sam solta uns grunhidos, joga algumas notas amassadas sobre a mesa e pega o casaco.

— Estamos indo embora — diz para todos, surpreendendo um pouco ao assumir que você está indo junto. Ele está tomando decisões por você, agora?

Você está a fim de...

→ ir atrás do Sam. Ele está chateado e precisa do seu apoio — e ele tem razão, a Libby é muito metida. Siga para o snapshot #35 (página 148).

OU

→ pensar um pouco. Você não gostou nada do modo como o Sam acabou de perder a calma — ou como ele decidiu que você também iria junto. Siga para o snapshot #36 (página 152).

Impresso no Brasil pelo Sistema Cameron da Divisão Gráfica da
DISTRIBUIDORA RECORD DE SERVIÇOS DE IMPRENSA S.A.